寫給在 Alaska 的：陳乙緁散文集

陳乙緁　著

國內外學界好評推薦

（依照收到先後順序排列）

推薦文

信世昌
國立清華大學　華語中心與華文所教授

　　心底細微的靈思，不斷和外界的人群、事情、自然與萬物產生互動，交織成一篇篇文本，這些自我的對話，顯現了不可捉摸的孤寂本質。

· · ·　　· · ·

林毓凱
香港城市大學　翻譯及語言學系助理教授

　　陳乙緁的文字有種淡淡的優雅，柔和的訴說著生命中的點滴往事，這是一本關於愛、記憶與救贖的作品。作者將時間與空間幻化成文學意象，在穿越不同時空的心靈旅程中，尋找重建記憶的可能，同時也在過去與當下的交會處，探討高速流動社會下的現代人的情感狀態，及其體現出的生命本質。

謝文珊
實踐大學　語言中心助理教授

　　在學術工作的壓力下誕生，陳乙緁教授的散文創作與文學理論「對舞」，成爲「最好的舞伴」。「你」「我」「她」抒情敘事的「面具」後，是對「本質」「自我」「時間」等概念的反思與探問。「明信片」的發信人與收信人，在寫作及閱讀中，一起重新被創造。

．　．　．　　　．　．　．　　　．　．　．

高嘉勵
國立中興大學　臺灣文學與跨國文化研究所副教授

　　想要留住時光的美好，想銘刻戀人的相知相許，想記錄與某人或某（動）物相遇於世界一隅的情感，想補捉某個時刻情緒的觸動，想描繪下來眼前變動的景色……讀者會感到似曾相識，而心中浮出的一絲哀傷則在心靈的被理解下受到撫慰。乙緁的散文成功地捉住某種已遺失在過去的故事，或散失成碎片的記憶，或不可能再回復的感動。可能「永恆」只是一種奢望，「文字」只好化爲最後的掙扎企圖留下（The Moment）（那一刻）作爲永恆。因爲留不下的，終究印在心上了。

許立欣

政治大學　英文系副教授

　　一坐下閱讀，整本書就放不下來，面對她溫暖而從容的筆觸，像是在寒冬裡，喝上一杯熱可可般的香甜，心頭的憂鬱，就緩緩像棉花糖般的化開了。

　　從龍捲風般的愛情，與雪地裡的巧遇，到月光與女孩和貓的凝視與對話，從博物館畫框裡，與舞曲中的溫柔想像，到黑夜裡，花朵與四季無常的交疊鳴響，人生各種追尋與徬徨、失落與等待的種種情緒，都透過書中各個章節對事物描述，以及與哲理巧思的交織布局，輕輕的蘊釀出她文字中，對遠方的眺望思念，與回憶沉澱後的芬芳。

　　讀完《寫給在 Alaska 的：陳乙緁散文集》後，心中某些沉重的思緒與惆悵，也隨之慢慢紓解，彷彿遇見了一個善於聆聽的作者，一一道述讀者糾結的情緒，於是看似冰凍的 Alaska，也不再那麼孤寂了。或者，更具體來說，比起孤獨際遇的抒發，閱讀她的散文，更像是個美得令人動容的邀請。

・ ・ ・　　　・ ・ ・　　　・ ・ ・

夏俊雄

臺灣大學　數學系教授

　　色彩豐富的筆觸訴說著生滅流轉中的生命痕跡，邀請讀者啜飲各種情懷。

羅靚

美國肯德基州立大學

古典與現代語言，文學，與文化系副教授

Luo，Liang Ph.D．

Associate Professor of Chinese Studies

Department of Modern and Classical Languages，

Literatures，and Cultures

University of Kentucky，USA

　　乙緁的散文，可謂文如其人，讓人如沐春風。「因爲書寫，所以，愛存在」。在文字鑄造的精妙世界裡，自然、空間、臉譜、神話、敘事，綿密交織，相得益彰。乙緁的散文世界，有花香也有陰霾，有瞬息亦見永恆。可視與不見、有限與無垠、斷裂與延續、遺忘與記憶，相互爲用，織就一網情愫，直指讀者內心，喚醒雪藏已久的極地戀人。

．　．　．　　　．　．　．　　　．　．　．

王志榮（九里安西王）

美國華府　華文作家協會會長

　　期盼

　　這是一本一位英美文學博士用中文「寫給在 Alaska 的」書，一篇篇美得像詩一樣的愛情散文集，更像是穿越時空與自己情感對話的詩集。回到臺北的日子，她經常分享著與學生、學校和阿嬤忙碌的生活，還有時間寫作。看來下了課的陳乙緁仍有雲淡風輕的時間胡思亂想。

　　去年五月十九日，華府大使館週的羅馬尼亞文化園遊

會中，突然從人群中冒出一位東方美女，那是我最後一次在華府遇到到陳乙綑。「學長，我下星期要回臺灣。」「噢！回臺灣玩。」「不是，我申請到一個不錯的教職，要搬回臺灣了。」她仍像沒事的人兒般坐在舞臺前，看著臺上熱情的舞蹈。

明明是「喜歡趴在草地上，喜歡靠在鞦韆上，坐在樹蔭下，看書，發呆，做白日夢」的文青，身上似乎找不到人間煙火的她，卻迫不及待地想從像仙境一般的 St. Mary's College of Maryland 學院，想要下凡回到臺北那個喧囂的塵市。她就是這樣充滿矛盾讓人猜不透。

去年十一月在臺北，陳乙綑請我和妻到花博公園裡的一家餐廳吃晚飯，飯後走回捷運站的路上時，天已經黑了，我們走著走著，聊著聊著。「學長學嫂，我迷路了！」「妳不是常來這兒嗎？」「是啊，可是……！」「沒關係，我認得路。」

儘管她說「喜歡跳單人舞，自己走著自己的步伐」，尋覓一個可以「牽著她，握著，從此再也沒有放過了」的舞伴，可能更有必要。這不也是她書中的期盼。

Liana Chen

喬治華盛頓大學　東亞系教授

Assistant Professor of Chinese Language and Literature；
Program Director，The Taiwan Education and Research
Program（TERP）George Washington University

　　在《寫給在 Alaska 的：陳乙緁散文集》裡，乙緁化身悲憫的吟遊詩人，不以超然之姿敘說人生百態，而寧願在千迴百轉的字裡行間，透過不期然般的相遇，引領讀者傾聽念想，一個個從未遺忘的人和故事。

推薦序一

寫給在臺灣的

　　春夏秋冬、下雪天、春雨、龍捲風、鬱金香、香水水仙、郊外小徑、墓園、流動遊樂園、圖書館、咖啡店、宿舍、二手書……還有、還有那研究所課堂上永遠看不完的書和論文，還有相思、鄉思和偶爾、偶爾的孤寂。

　　乙緁晚我幾年到美國。但在時間上，我們的確有幾年是重疊的，而我們也剛巧都到了美國中部，在隔壁州的城市裡度過了好幾個寒冬。她在印第安納，我在伊利諾。隔著那短短的距離，當時的我們卻不認識。但說不認識，那也不其然。幾年前回臺灣開會時，經由學長姐介紹才知道乙緁是我輔大英文系的學妹，只小我一屆。或許我們曾經在外語學院大樓走廊上擦身而過，下課後在「維也納森林」等著各自的朋友午餐或晚餐，但我們始終保持著陌生人的關係，縱使我們都活動在同一個時間和空間裡。錯過了大學時期，又在美國中部擦「州」而過，最後卻盡然在回臺灣的一次路程中相認了。是緣分吧。

　　這一次乙緁請我為她的新書寫序，在看完手稿後才恍然發現我和這小學妹是如此的熟絡。她的美國是我的美國，我們經歷過同樣及膝的大雪和龍捲風，凝望過同樣的月光和雪霜，只是隔了一點點距離罷了。這一百五十英里的距離在相似的研究所日常、美國中部大學城的環境、他鄉遊子的鄉愁、書香和咖啡香中通過乙緁的文字被拉近。我也彷彿成了乙緁文字裡的「他」、「她」、「你」、「我」。

親密與疏離是乙緁在她文字裡不斷協商的情感關係。很多情感在時空的錯位與轉移中變得時而淒迷、時而甜蜜。和自己過於親密容易觸景傷情，所以把第一人稱「我」投擲在「她」和「你」的故事裡較有助於敘事。個人情感的位移在季節、自然現象、旅行、文學、美術、舞蹈、音樂、詩歌和神話的描繪下有了新的詮釋。我沒有乙緁的才氣與藝術天分，我不會寫散文，不會彈琴，不會賞畫，也不會跳 Tango，但我卻在乙緁的文字裡彷彿體會到藝術對生命的啓發。

　　這散文集是寫給在 Alaska 的誰呢？給他。給你。給她。給我。Alaska，阿拉斯加不過只是個 placeholder，羅蘭巴特的 empty signifier，任由你自己填空，情節和場景縱使不一樣，情感往往是相似的。

陳榮強　E.K Tang

英文系與亞美研究　副教授

English and Asian & Asian American Studies at Stony Brook University

長島紐約 2020 年 1 月 15 日

推薦序二

在 Alaska

　　手上的書本是知識，也是感情，是無價的。

　　為《寫給在 Alaska 的》寫序，也是無價。

　　當天從 Richmond 趕上來送 Claire 到華盛頓首都機場。現在 Claire 已在另一個時空。

　　手裡的書又讓我走進我的 Alaska。發現我們曾經在同一個時空，在同一個 Alaska 裡流浪著。

　　手裡的書像一個永遠不會融掉的冰塊。冰塊裡面是一個冰封的世界，只剩下一個我。一個追求夢想，年少無知，不知天高地厚的一個我。

　　冰塊裡面有時候卻是一個五顏六色、溫暖的大海洋。在無止境的海洋裡，花朵會鞠躬，貓咪會說話，世界會跳舞。聽著自己的呼吸，在深沉、變化萬千的海底裡的某一角落，找到一個似曾相識的老朋友。誰知這老朋友早已化身成為一條美人魚。波動的尾巴剎那間擦身而過，跟我玩捉迷藏。觸不到，摸不到。

　　「打動人心的，是那某個當下的真心。」
　　不刻意、自然、簡單。
　　音樂如是，
　　歌聲如是，
　　文字如是。
　　文字讓你感到並不孤單。

有一個旅伴在另一個時空，默默地把溫暖送到 Alaska
裡。

Dr. Jessica Ka Yee Chan
維吉尼亞州里奇蒙大學　東亞系副教授
Associate Professor of Chinese Studies
Interim Coordinator of Film Studies Program
University of Richmond

推薦序三

愛情的版本

　　和乙緁初相見，是在美國亞洲研究學會年會。此乃年度盛事，學者們發表論文，各顯神通，唇槍舌劍，或褒或貶，熱鬧非凡，不在話下。那時我剛剛看完乙緁的第一本著作《記憶零度 C》，卻是行雲流水、細膩多情的詩歌散文攝影，和場上硬梆梆的學術論文相映成趣。我邊念邊私下感嘆，作者一面要在學術機制中廝殺，一面還能用這麼柔軟的心靈與日常萬物對話，也真不容易，想必是個美好的女子。會面之時，只見乙緁從一落書籍卷宗筆電咖啡點心之中笑盈盈款款地站了起來，果然是個美好的女子。

　　《寫給在 Alaska 的：陳乙緁散文集》是乙緁的第二本書。延續《記憶零度 C》的追尋，千迴百轉，「用一千種方式，愛著同一個遺失的戀人」。戀人遺失了，愛卻一直都在——在戀人出現之前，也在戀人消失之後。最重要的，「因為書寫，所以，愛存在」。文字是愛的明證。乙緁筆下的愛有千百種版本：龍捲風、花朵、美術館、遊樂園，都是愛的隱喻。深情的絮語，不只是寫給遺失的戀人，更是寫給尋尋覓覓、反覆詰問、一直存在的自己。

　　可不是嗎？書中一再使用第二人稱和第三人稱，對「你」說的：

　　在海面你看到浮在水面上破碎的肢體，遠看，與海水融為一體。(〈波士頓美術館〉)

在深夜的時候，你感覺與整個世界隔離。在下雪的時候，你感覺世界只剩下你自己，被拖回某個小說裡的時光，你望著窗外一片片雪，幾乎，可以就這樣單純的存在下去到永恆。(〈書的房子〉)

描述「她」的：

她忘了提，其實自己喜歡空蕩蕩的場，就如同即使不是一個人，還是會有空蕩蕩的感覺一般。(〈遊樂園〉)

她寫著還沒寫完的歌曲，他建著還有很多空隙的建築，然而在春天還沒來的時候，她又得離去了，留下那永遠無法完成的圖。(〈詩的建築〉)

無數的「你」和「她」，其實都是「我」吧？表面上好像客觀敘述，好和「我」保持距離，但是字裡行間，卻是「我」癡情地跳出來，親口傾訴幾近透明的心事。然而這個「我」不僅是作者，也是讀者：我們的愛與尋求，都由乙緁說了，都在乙緁的語言文字裡醒過來活過來了。於是，通過書寫和閱讀，「我」存在，愛存在；通過書寫和閱讀，作者與讀者在愛中泅泳。戀人原本就可有可無。「我」和「文字」的纏綿才是愛的本體。

卻說乙緁兩本書的書名《記憶零度 C》《寫給在 Alaska 的：陳乙緁散文集》都充滿了寒冷的意象，然而內容文字卻像壁爐的火焰，在清冽的冬天的屋子裡燒著，烘著女子凍僵的持墨水筆的手指，也烘著臉龐，給霜雪的頰敷上微微的腮紅和金色的光。又彷彿一座座極地冰山，那麼冷卻又那麼晶瑩，反映七彩極光。女子呵氣成霜，冰山融化了，溫暖的香氣緩緩升起，瀰漫空中。你我浸潤其中，被

愛療癒了，被文字療癒了。
　　這就是我看到的乙緁的文字世界。

I-Hsien Wu
紐約市立大學
Associate Professor at City College of New York
Classical & Modern Languages & Literatures

推薦序四

給乙緁　也給正在讀乙緁的你

　　乙緁的緣分是一個奇妙的開啟，從 2015 年同事介紹了一位在美國任教的比較文學教授，然後邀請到清大寫作中心演講，到今天也第六年了，事實上只見過三次面，在有限的次數內卻幾乎常常都有機會線上討論。與其說讀她，更精確的是怎麼透過她的文字和對話，來看看展開在眼前的這本散文在我的世界裡面呈現了什麼。

　　透過環境、不管是風、雨、樹、花還是陽光。每一段都透著天真的浪漫，在時序裡面、在空間裡，乙緁透過她的眼、心和手把腦袋裡的靈光乍現在書本上。說愛，又像是在說著自己的心裡的罣礙，想著理想國的模式，說著實際的現實，但卻總是一笑代之。文字清晰的說著各種情境假定，但心中卻是小女孩般的期待著新穎的世界和綺麗的理想感情。

　　走在小徑上，心裡面想的是莎翁的腳本，筆觸上描述的是劇場上的細膩，各種妝束、走位、場景的安排像是個導演般跑著流程，連月光也倒映在眼神裡。當下的心境是要一秒真切的愛，還是想要永誌的心念，用一場流星雨留心，一切都散布在配置在文字裡布下的局。

　　每一小篇章都掛著瞬間與永恆的對照，帶了遺憾，留了期待跟愛。

撒在眼前的像星斗般跳動的文字就是「綷」放在心裡面的永恆，也是她人生擺放在靈的定位，既不安，卻又那麼知道自己要的是什麼。期待著想要說出整段故事，但人生的故事卻是零星篇章湊不起來的拼圖，唯有更多與她的對談，才能深刻的了解乙綷，而一切就刻印在這本書裡。

陳燦耀 Tsan-Yao C. Chen
清華大學　工程與系統科學系副教授／副系主任
Associate Professor,
Associate Director,
Department of Engineering and System Science
National Tsing Hua University

推薦序五

想推薦乙緁小姐的這本書

在法文課上認識了陳小姐，知道她是教育工作者，也到過美國進修。首先就被她用心精進的鑽研麻煩的文法發音等等無趣的問題吸引了。

後來，為了要寫些文字談她的這本書，先後看了滿久的。因為下筆真的很難。她的文筆有一個特色，用幾乎是口語，但是表達明白細緻的寫法，很容易了解文章的含意。有感情，有深意，也有詩意。

每篇文章都用很簡單的標題，但是，一進入她的敘述才發現別有洞天。

簡單的說一下這種感覺：

——談到 Monet 的畫，她說他的畫風有很多東方篇幅。但是，並不求完全的東方化。

——談書的房子時，她說圖書館是時空的連接。

——Tomb 的那篇，她說始終要分離的，只是怎樣讓它永遠的留住美麗。

——詩的建築……她走了，畫還沒畫好……。

——布料，談到裁縫，她說……很久很久的年代，每件衣服都是一件藝術品……

——阿公的相機，她說，他走了以後，才知道自己無畏無懼去探險時，看來平靜的。阿公其實是她勇氣和保護的來源，很久以後才了解到。

——Demo 片，她說，美是一種抽象的空意符，沒有

固定的標準。

　　——煙霧裡的女人，那張動人的 Pippo Rizzo 的佳作。

　　——最後的，倒數，二手書，變遷，等文章，都發人深省。

　　衷心的推薦這本好書。

薩支遠
退休外交工作者
曾留學法國 109.12.21

自序
寫給所有有所遺失的讀者～

　　散文敘述用一千種方式，以在旅行的人第一人稱，（不論是生或實質的旅行），寫給一個在極地的戀人。Alaska 其實是一個北方，遙遠又冰封的意象，一個回憶，一個北方，異國，一個過去，一種死亡等等。然而人生中最美麗風景的一部分卻也可以是失去，與對其的緬懷或想像。

　　無論在異國或在旅行中，在夜深人靜的下雪天，因爲書寫，所以，愛存在。篇章是明信片，用一萬種風景，念著極地。

目錄

22

第一章　自然

龍捲風的季節

*後來長大，有人告訴我，真正的愛情，該始於心動，
像肚子裡有蝴蝶在振翅一樣的不安與騷動。*

第一次親眼見到龍捲風，我想到了我們第一次見面。

那是在學校附近的的一座湖，叫 Moroe Lake。

夏至時，總有一段期間是所謂龍捲風的季節。然而哪
一天警報會突然響，哪一個地方龍捲風會出現經過，如命
盤走輪上的一個未知數。

龍捲風總是無法預期。就像愛情。

來得出奇不意，突然某一天，警鈴響了。

前一秒還是豔陽高照，下一秒，卻霸氣地在白天，以
漆黑整片的烏雲罩頂，閃電一道道打在地平線上。

風很狂，雨喧囂。

雷聲轟隆隆地，不在乎旅外人的行路難。

只要一出戶外，雨水便浸透衣物，使人直打哆嗦。

面對龍捲風方式眾說紛紜：官方說法是龍捲風來的時
候得躲入室內或地下室。

如果龍捲風橫掃過，要避開玻璃窗戶。

有人說龍捲風中心是最安全的。

那外圍有著一層很堅固很堅固的風。

然而中心卻是空的，什麼都沒有。

一片晴朗。

那是一種你遇到了一生中第一次讓你心動的人，自己心裡因為在意所起的小劇場。

　　在面對愛情，實際上人的選擇面對方式又多了：你可以按照官方說法躲在地下室，可以開車往反方向逃跑，或是可以選擇裝作沒看見繼續過著於本的日常生活，然後，運氣好，龍捲風永遠只會遠遠地經過，你不會遇到它的外圍。

　　運氣背了，遇到了，即使躲在屋內仍會被捲走了。亦或是風大了一點人在水泥牆裡，頂多玻璃破了，然後僥倖又遇到龍捲風的中心。

　　在一小時內，天由蔚藍突然染成陰霾的黑，

　　天空任性地發著怒，掀起海上的颶風，

　　然後一瞬間又回到了天晴，

　　下一秒，又翻黑了。

　　在一個小時內，至少，至少遇到三分之一的天晴，

　　在不該天晴的時候。然後一聲不響，龍捲風便走了。掃走了什麼樣的心情，如一團謎。

　　每一次你的出現，總是帶來滔天巨浪一樣，打亂所有原則，規律，正常作息的心。

　　但是人們知道在龍捲風的季節，不知道哪天它又會不可預期地來。然後每年，都有一個季節，得期待它來。於是，人們得選擇一個態度，迎著與面對。

　　那種我們第一次愛上一個人，卻又不自知與無從面對的感覺。

如果愛情可以選擇，是不是我們該選一個可以預期，沒有太大的驚喜或恐懼，如日出日落般地一種循環，一個平穩的過程和經驗。

　　如果龍捲風是人生中一種愛情選擇，在於面對，總有許多的選擇版本。

　　人們總以生命無限的方式活著。

　　如果以無常與生死的原則生活，每天每個當下的選擇是否會有所不同？

　　如果可以再來一次，我們能不能有勇氣選擇彼此與面對未知？

花城的春天

Bloomington 是印第安那大學的城名，有繁花盛開的意思。花城的春天特別安靜，常常是藍天白雲，溪水聲，鳥鳴。開滿了樹的花，往往一陣風雨，隔天都散了一地。

某個夜半時分，當人可以隔著米色的窗簾聽到窗外傾盆大的雨聲，風聲，連外面的雪都被打濕了，腦海中便浮出明天可能的一地泥濘，和一盒打翻水彩盒的迷濛灰色天空。

或許，連可能下的雪都會不知所措，不是一片片的雪花，可能是一粒粒的，或是半雨半雪的合成物，或是整顆透明的冰雹。

然而因為陰雨的氣候，雪還來不及思考清楚以何種形式就已掉落人間。

這種夜半模糊的時刻，在人半睡半醒之間，對窗外的雨勢好奇卻又抵不起睡意不願拉開窗簾一探究竟。

雨聲大得嚇人，誰也不知道，半夜經不經得起那一個驚心動魄的場面。

它不是悠悠的漫長，卻是淅瀝的犀利。

過了一會兒，聽到幾聲震耳欲聾的雷響，感覺到整個屋子都在陣動。

一道一道的閃光劃過窗簾，不知道徒勞地嘗試想要切割些什麼。昨日，今日，冬季春季，和夜半的床軟軟深深的溫暖形成強烈的對比。

　　不同的世界，只靠著一片透明淡淡的玻璃分離。

　　一大片的雨卻也沾不住，只有幾滴比較真心。

　　緊緊地貼著薄薄的透明玻璃，永遠不分離似的等待有朝一日的陽光去融解。

　　於是，一夜就這樣恍惚過了。

　　隔天的清晨，終於明白昨夜的恐慌是春雷，眼底的恐懼自一片青草綠中甦醒。

　　聞到泥土的味道，紮紮實實地從空中回到了陸地。

　　又過了幾天，看到一片無邊際的藍天，像天鵝般的絲絨，怎麼說的，Navy blue，汪洋似的藍讓人抬頭看就以為自己是一條在路上游走的魚。

　　香草藍的味道像漂浮可樂，霜淇淋漂浮在可樂上面一樣。

　　又過了幾天，濕濕軟泥的味道已經被連續好幾天太陽的微笑晾乾。

　　泥土變成故鄉小城裡一件件剛洗好，濕濕掛在欄杆上隨風飄揚的衣服，等到比較乾又風大的時候，不同色彩的衣服飄起不同的高度，像一場夏威夷草裙舞。

　　日曆翻了幾頁後，取而代之的是鬆鬆乾乾的泥土，好像剛從美髮院剛燙好頭髮蓬鬆一般，到處園子裡的工作人員，穿著制服在翻土，種不同顏色的花。有圓圓小小紫紫粉粉的，像鬱金香橢圓形鵝黃色的花，還有一朵朵粉粉大大掛滿樹的花。

　　風起的時候，花瓣繽紛，落了滿身的馨香。

偶爾掉落到溪水裡，像一片片繫滿蕾絲的小船，上面刻著幾句想念的人的名字，就這樣一路漂，到對方的心裡，期待，在生命中某個時刻，細小的思念會長成一棵開花的樹，永遠在心裡的那一種。

　　春天的味道，是在草地上到處撿果子的松鼠，是咖啡廳裡的麵包香，是櫻花香水的味道。

　　是小時候廟口大家搬個小凳子看露天電影的傍晚，是河邊一對對頭靠著肩的影子，是穿著短褲襯衫在校園慢跑的學生。

　　是湖邊夜晚星光閃爍，月影星光倒在河面跳舞的音樂會，是搖晃小船上微笑的人。是一兩個好朋友下午一起翹課坐在咖啡廳聊天發呆壓馬路。

　　春天的味道是希望的味道，

　　沒有太遲或太早。

午夜花

黑暗之中永遠是最安全的
因為沒有人看見花開
那麼花謝也就不會那麼令人憂傷
——*Quick Silver*

然而有一種花，只在黑夜裡開，卻趕在天亮之前凋謝。

在很短暫的時間裡，綻放得很美，卻怕被人捕捉那即使一秒的背影。

以為在黑暗中是最安全的，因為沒有人看見花開，也沒有人看見花謝。

她存在於沒有之間，不想要與世界有太多的牽連。

她選擇孤獨地來，孤獨地走，從未感到孤獨，因為選擇了簡單，卻少了世間的情感。因為花瓣太輕，承受不起任何一丁點的記憶。

然而馨香是不爭的事實，傳到七百里外的村莊，人們探尋著，以為來自遠方點點的螢火星光，在失去中，嘗試找尋些什麼，想重新挖掘，瞭解太遲的理解，進而發現。於是關於花兒故事的版本，眾說紛紜，卻仍只是一個傳說。

歷史永遠無法被還原，因為早已隱沒。

那連花兒自身也不曾真正理解的記憶。誰也說不清那呈現與再現的不可能性。

或許只有在，凋零的花瓣旁，露宿在蒼穹下一夜，獨自體會那花朵的孤寂，在凋零的花瓣旁，飲著花兒飲過的月光與露水，感覺著花兒嘗試躲藏著的牽絆，存在著那似有若無的存在。

唯有，在花兒離去後重新活過一次花兒的夜晚，才能真正明白那所謂安全的黑夜，沒有歡喜憂傷的花開與花謝。

寧靜的很安詳，卻不在乎任何形式的浮光掠影。然而花兒卻仍散發著沁心的馨香。久留一輩子記憶的那一種。

沒有黑夜與白日的臨界點，虛無的存在卻沒有實體，在臨界點的線上走過與交錯，重疊在不同時空以氣味和影像訴說著無法結合的結合。

黑暗之中是誰感到安全了？哪裡又來所謂的永遠？是誰在為花開花謝感嘆？誰又在乎看見與否？

然而村人都感覺到花兒的存在了，以氣味的形式，花兒仍然存在了。沒有多一分少一分。

仍然偷走村人的記憶，然而永恆地滯留在村人的記憶。

那充滿問號的一夜，花開了花謝了，花多的香味卻說著永恆。

淡淡地，永恆卻存在那剎那間的生滅。

花朵本無情，一如黑夜般地，充滿著空白空間。

世間上的人卻給予過多的註解與書寫，過多的情感與是非，過多的相識與結緣，過多的不願意放下與放不下。

花朵凋謝時沒有嘲笑那任何一種形式的多餘，卻只是漠然地低頭。

　　就如她漠然地抬起了頭，在月光下湖畔邊。

長翅膀的 Tulip

如果花朵有翅膀，就有選擇的能力，可以選擇飛到想念的人身邊與他一起旅行。

時間在重複中，仍然是同樣的分秒，然而，周遭的景物變了，人也變了。

從生命一開始，生命即在過程中走向終點，倒數著。孩子永遠覺得時間過得很慢，年輕人踏著輕快的腳步隨著時間起舞，成人總夾在忙碌繁瑣的日復一日中，忘了時間就這麼溜走了。

年長的人呢，他們的時間是飛逝的，一轉眼，所有的過去都像一場夢。所有有形體的的事物都會經歷衰老，頹廢，枯萎凋謝。

然而生命卻也美在有每一個不同的過程，每一段，每一分每一秒都只有一次，都不會再重複，所有會構成意義的都是經由過程。

好比，一個人怎麼開始對另一個人產生意義，或許因為很多一起的回憶，所以瞭解，信任，然後出現默契。然後，像小王子與玫瑰一般，那花，不再只是一朵漂亮的玫瑰，多了一點什麼，不是因為它特別，而是因為你天天在為它澆水。

上飛機的時候你會想到誰？剛下飛機你會想到誰？難過的時候？開心的時候？

想著的是同一個人嗎？

或許曾經有那麼一個人，讓所有的答案都是一樣。

然後某一天，一個答案變成家人，一個答案變成朋友，同學，或是親戚。或許就像開始凋謝的花一般，你首先看到那失去，然而再仔細一想，你從原來只有一個答案，到很多，或許也是一種獲得。

仔細一想，你不會希望那一朵花永遠都在盛開。

真正的永恆，或許不是存在於不變中，正的永恆存在於在變動中還能保有那一點什麼的不變。

活的 Tulip 在每分每秒都是不同的。某一天，你醒了。

訝異 Tulip 快要謝了，不像另一盆不知名的小花，養了一年，不論春夏秋冬，總是開了又謝，謝了又開。

那盆 Tulip，花瓣開始往外翻，像一條條擱淺在岸上缺水的魚尾巴。然而你仔細一看，它一直都是開花的。

以不同種形式，嶄露出不同生命的美。

那一片片的花瓣，讓 Tulip 像一雙雙的翅膀。誰說這樣的花瓣就不是 Tulip 了？

人總愛為事物冠上不同的名字，然而生命的本質永遠只有一個，只是以不同種形式，被冠以不同種名字頭銜存在。

花的本質只有一種，就像人的靈魂也只有一種。不管外在的頭銜如何增加減少，物質如何變化，表像如何轉變，真正構成的還是同一個本質。

在小王子愛上玫瑰的時候，他愛上的是玫瑰的靈魂。

因此所以，即使其他相似的外貌，或變化，人永遠可以認出戀人裡的那種本質。

一旦這種靈魂裡個性裡的特質被認出，與愛上，其實就像制約了一樣，無論花朵有沒有翅膀，小王子的心，永遠會回到玫瑰身邊。

與夏天不期而遇

　　愛情裡有一種叫，過去還沒過季，你卻又闖進。上一季的雪還沒融化，夏天就直接跳過春天降臨。

　　今年的夏季在不知不覺中吞噬了春季。

　　以間隔和斷斷續續的溫度矇混過那原本該持續幾個月的春天。

　　時而天陰，時而又回到冬季的溫度，恍惚不定，忽晴忽陰，而後某一天氣象預告說明天就是八十度了。

　　有人說，未來，你永遠無法預知。

　　就好像，感覺還在冬天的尾巴，拖延著，殘餘著，還沒理清的世界。

　　感覺好像剛剛要開始春天，那初露芽的花，然後一下子，溫度便迫不及待地炎熱起來，已開的花等著綻放，某些樹枝卻還困在去年冬季的冰冷中，在兩個極端的世界擺盪著，前不著村，後不著巷，走在樹林裡的十字路口。

　　某一天，你在偌大的世界裡迷路了，在那溪水間，樹林間，某些廣大的區域。

　　冬天是絕對不能接近的，沒有什麼原因，只因為太寒冷的氣溫不宜暴露遺失太久，包括那心。

　　雖然說，已近乎聽不到它的聲音，彷彿街燈下冰雪中微微閃爍的燈影。探險和迷路的風險，只適合在天暖的日子嘗試。

於是，因爲迷路，人才有機會發現一些特別顏色的花，粉得不眞實，白得像一片冬季的大雪。

風一來，滿林子的落花，打在身上，不如那陽光般刺眼，幾乎睜不開眼，花香滿溢，沾在衣服上，讓人聞起來都像噴上了櫻花香水。

那陽光，那落花，打在身上，仍是很疼的。

不如那冬天的雪，因爲已經凍到僵的臉，雪花落上時，毫無知覺。

唯有在雪漸融，化作雪水，劃過臉上，像一道來不及許願的流星，像一道很深的遺憾。

夏日的落花卻是不同的。打在臉上，會痛的。在夏天，人是溫的，少了那銀白色的世界，連呼吸好像都稍微解凍似地。

然而今年的夏季，卻來的太快。

春天曖昧地仍在兩個季節間糾纏不清，冬季不時突如其來覆上一整天陰霾，雷雨，整個世界包存在霧中，一步都不敢前進，那霧濛濛的世界，令人看不清前面一小步。

遲疑著，延遲著，鬱悶著，不期待著每日醒來後同樣的冰雪紛飛，一個又一個的冬季，永恆的冬季。

今年卻沒有眞正的春天，一兩日動輒八十度的氣溫，整個大地幾乎被燒烤一般，偶爾喜歡趴在草地上，喜歡靠在鞦韆上，坐在樹蔭下，看書，發呆，做白日夢，一點點平淡的奢華都被剝奪。

那熾熱的日光，一如那花朵，日光是撕裂著人的。讓人感覺到一道一道日光，打在臉上，不到幾秒，臉就燙的，而後紅腫，而後脫皮。

好像一條出了洞的蛇，被剝了一層皮，一點都不自在。

抬頭看，上一個冬季的烏鴉，仍偶爾以漆黑的方式，陰影般地存在於漸漸天藍的天。

你問，為什麼還不走？為什麼？烏鴉嘎嘎地殘叫兩聲抗議，像一個鬼魂，紅字的烙印。

偶爾，幾隻松鼠，比較瘦小的那一種，好奇是不是新生的松鼠，長得和秋天的松鼠不一樣。

熱起來的天，總是缺水，於是你期待一場大雷雨，熱起來的天，即使洋裝也不適宜，那打在身上的陽光跟落花一般地重。

夏天，在某天迷路的轉角卻撞上了，在還不來不及問準備好了沒。

那一剎那。

小徑

　　如果你曾經愛過一個人，真心想要爲他穿上一襲白紗，以爲會走到底。然後最後卻只走進了劇場而非教堂。

　　那天晚上，她第一次看了整晚的月。然後發現，夜晚的天空，是一場繽紛的舞臺劇，月娘是一個穿著白紗走不到教堂的新娘，卻不小心走進了舞臺劇裡，在星空和雲間，獨自演完一場仲夏夜之夢。

　　從屋子到屋子之間，其實還有一大片草原要穿過，暗暗地夜晚，唯一的燈光是天上的星光，滿滿的月，和草叢間的螢火。

　　花城的月，美和離地面近的大，也不是一天兩天的事了。那晚的月，卻在一團神祕裡。莫名的微微的紅光雲海，彷若將息的餘灰纏繞在蒼白的月影旁。

　　又像 *Hamlet* 裡的 Ophelia，白色的連身洋裝，浮在染紅了的水面上，裙襬如散落的花瓣，飄零在顫抖的漣漪，透明著。

　　於是，是這一幅冰冷的白色圓月，淹沒在紅色雲朵間迷濛的感覺，讓人走不回家。

　　她坐在涼亭裡，和朋友，一搭一搭地聊著。眼睛始終離不開那月。

一幕一幕也不過是片刻就發生的事，在眨眼間，紅色微微埋住月的海散去了，月頓時在黑暗中的晴空中獨自閃爍著，像冰凍住的淚。

　　時而風又引來一片雲海，白白透透地像秋天的棉花，或是白色羽毛扇上掉落的羽毛，那白色的頭紗，始終沒有戴上。

　　雲可以是片狀的，絲狀的，霧一般地。

　　只是總令人好奇，那紅色的光是從哪裡來的，在已經天黑的夜裡，溫熱的不可能是月獨自發出的溫度。

　　就像一個森林裡的迷宮，你疑惑著，光到底藏在哪一處，前進還是不前進，連星子都變換著，怎麼走，卻不敢走了。

　　星空中上演著排練好卻又走調的劇情，在走調的劇情裡演著另一種劇本。

　　亭子裡天南地北地聊著無關痛癢的話題，眾多人生劇本裡不算特別的單一章節。

　　每個人總有每個人的故事，夜晚的月，卻無心聆聽，又或許無法聆聽。

　　她蒼白的臉，在白色的洋裝裡，整晚，靜靜地坐在舞臺上。

　　臺詞是靜默，劇情是莎翁裡的女主角。

　　然而她卻不需要做些什麼，雲朵，風，星子，忙著替她說些什麼。

　　她的劇本，在莎翁筆下早已寫全，被動地，只要讓自己蒼白著，讓雲朵遮掩，讓星子的光反射，讓路上的人們依著自己的故事，投射到她臉上，編寫著另一種故事。

那一晚回家的路，忽然變得很遙遠，幾乎讓人看不著路，幾乎讓人忘了方向。

　　然而那絢麗的夜空，終究是千奇百變，終究是一閃即逝，終究是要結束的。

　　美麗的也好，哀傷的也好，開心的，難過的。

　　終會有到白日，魔咒解除的時刻。那一晚的月和周遭的雲海，暗暗地透著紅，這輩子大概也只會見到那一次了。在還來不及抓住的時候，卻早已被下一場流星雨取代。

　　然而，那一幕讓人駐足的起點和終點是相同的，那一刻是靜止也是永恆的。

　　永恆到了，即使來不及捉住，卻還是印在心底，忘不了。

寫給在 Alaska 的

後來幾年，她每次上飛機前，總會想起一件事，只是電話往往都不知道該打給誰。

落地的那一刻，卻也是無聲的。
窗外早已一片銀白世界。

踏出機場的那一秒，冷風打在臉上。
卻從未見到飄雪。

雪，應該早在上個世紀降完。
厚實地沉澱，沉澱，沉澱到世界的底端。
然後再倒過來，像掏空的心一樣。

所有空氣中的塵埃，
都早已被時間洗刷過。
空氣，是新的生命。
腦子，異常地清醒。

月，或許是白的。
被遺忘在世界邊緣的一角。
早已不在乎，
淡淡灰灰的天邊。

偶然的一列雲，
或是傍晚的彩霞，

崎嶇彎彎的，是布料上的拉鍊，
另一端的世界，
就只在拉鍊外，
一步。

此刻，是寧靜的。
在這端，
即使是寒冷。

仍然想念，
北國的妳。

Tulip

就像小孩子某天醒來，發現原來聖誕老人送的禮物原來是爸爸昨天買的。

復活節來臨的前夕，關於那個每年都會過一次死而復生的傳說。

故事的重複性，和預知死而會再復生，以至於所謂的死已成爲一種仿死。

成爲一種過程，其中的義涵卻是永生。

在生生死死之間循環，在生中帶著預知死的未來，在死中走回重生的過程，存在著不存在，卻在不存在中存在。

如果劇本已經預知，所謂的復活，實質上或許不存在。沒有所謂眞實的生死，生或死卻再也不再是終點，何謂的生與死？

玻璃桌上的米黃色假花，放了一年。不用澆水，不用日曬，不用翻土，永遠都是一樣的花，遠遠看上去，是一盆，近近地看，你還疑惑地得去摸一下似眞的花瓣。

在花市街，常常擺著許多鬱金香。有幾盆是半開的，有幾盆已經開了，散發出淡淡的花香，有幾盆只看到綠色的花苞。

選擇盆栽其實是很隨意的，有的人喜歡已經開的盆栽，那色彩大致都已確定，有的是半開的，有的還只是綠色的，然而你卻得賭永遠不開花的可能性。

選擇盆栽，實在是很隨意的，覺得哪一盆好看，就帶回去了。

成長，或許是從某一天發現，對一個人的愛情原來是有期限的開始。

或許，世界上，沒有永恆，或是不該有永恆這一件事。就如同世界上死亡，仿死和復活其實差別有多大是一樣的問題。

真花和假花，永恆和美兩者間本來就是一個問號。對於有的人來說，不變是永恆，生生滅滅是永恆，不斷重複的過程也是永恆。

很多人以為看不見的就是不存在，其實都只是看不見。

花朵，植物，是會動，跳舞的。

在夜間，它緩緩地伸展開雙手，很慢很慢，慢到眨眼間，你就錯過了。對於假花，永遠都只有一個樣子。

對於真的 Tulip，因為是活的，你得以看到它每一種時刻的美。不同的變化，不同的生命階段，因為有真正的凋謝與死亡，短暫的花開才顯得可貴。

即使是花開時花朵彎身低頭，即使是花開始凋謝，一兩片的花瓣落下了，枯萎捲起了，即使變得不完整，缺了幾片花瓣，你都仍然可以感到它的心跳。

花朵總是開心的，對於生長，對於走向死亡，花朵總是開心的。

　　每一個時刻，花朵有不同的事忙著，它唱歌，它跳舞，它延展出雙手擁抱生命，它抬頭微笑。

　　到了該下臺鞠躬時，它也欣然接受，它謙卑感恩，落花美卻也美在化作春泥。

　　真實的生命美在終於有終結，卻不執著而淡然以看。

日日晴

那一天，
日晴天藍，連白雲都暖烘烘的蓬鬆。
我翻開悶了整個冬季的小皮箱，
把信件、衣物、照片、書本，
攤在陽光下。

藏著一點點古老的韻味，
在如河水洗滌過的紙頁上，
某幾行醞開的字跡，
糊著那還掙掙扎扎的情緒。

熟悉卻已逝去的面孔裡，
卻再搜尋不到，同樣的記憶。

某一部分的，遺失，某一部分的藏匿，
卻都蒸發在陽光的溫度裡。

微雨

在秋末的夜晚，我聞到了雨滴的味道。

　　從未仔仔細細的看著雨滴，聞著，感覺著。記憶裡多年前忘了帶傘的一場雨，讓人著著實實的病了一個月。

　　那雨滴，卻可以實在地感覺著，從頭上，一顆顆順著臉頰，脖子，耳際，滑落，冰冰的，到漸漸溫潤，混著矛盾的體溫，帶走過季的記憶。

　　夜晚，溫度漸降，連月亮都如冷藏室裡探出頭來一般地沁冷著，冰冰的鼻子，呼吸著寒冷的空氣。

　　校園裡盞盞暈黃的路燈，倒顯得彷如另一個溫暖季節的世界一般陌生了。

　　鵝黃著的，酒紅著的樹葉，在月光下，燈光下，閃爍著，夾著些許露珠般的淚，掛在夜空漆黑絨布的一角，躲著，閃著，怕被捕捉。

　　一陣風起，廊道上還未沾上記憶的葉子，隨風舞起，旋轉著，猶如一陣小旋風。吹起西班牙舞孃的舞裙，那未經人事的熱情，如一團火般，在星光下，燃燒著。

　　只是秋季太滄桑，在細雨過後，已失去了任何一種熱情的溫度，忘了思念的滋味，忘了愛也忘了痛。

　　剩下淡淡的末梢神經，感覺著那晶瑩剔透的水珠濕氣，撫過眼角。

微雨沾上了泥土，帶出了大地的味道。草根香，一如遙遠的家鄉，某些放不下的落葉，貼緊著大地，仍在黑夜裡糾纏著，不願再舞卻漸幻化做春泥。

　　你說，微雨哪來這麼多的故事？
　　在第一片葉落下時，
　　故事便展開了嗎？

　　順著玻璃窗的雨滴，排列式地滑下，如一字一句斟酌過的心意。掛在深夜夢裡的邊境，那很久遠的情意，在室內暖氣升起時，幻成一片遙遠的迷霧，如迷宮一般，讓人在歷史裡尋不著那曾經所謂的真實。
　　於是，月升月降，如潮汐一般，所有的夢幻迷霧，都將隨著日出而消散，隨著時間的海浪而被沖刷殆盡，那足跡，那腳印，縱使再深，終將消逝。
　　在人酣然夢醒後，只剩耳際後雨滴蒸發的味道。
　　淡淡的，是那月光曾走過的小徑，雨後落葉的深情。

第二章　空間

畫框

　　翻了翻月曆，過了一年。春天總是讓人想到失去，與找回，離開與從未缺席。

　　春天的味道，漸漸瀰漫在空氣中。

　　從某天的春雷過後，下了一場小雨，空氣盡是泥土的味道。

　　霧霧的天裡，赫然發現學院外建築物上的枯枝，竟也冒出幾點綠。哪怕是被雷聲嚇醒的，探出頭來瞧瞧。

　　總之，綠葉冒出芽了。在大雪紛飛過的寒冬，零度以下的死寂，誰都未曾料到仍有生機。

　　在整理換季的箱子裡，發現某一張紙條，寫著一長串的詩，其中的兩句讓心漏了幾拍。

　　可是這個初春的感覺嗎？

　　春日的太陽絕對和其他季節不同，年輕得讓人覺得很好揮霍。

　　暖得讓人可以整日窩在家裡，懶洋洋就望著窗外的藍天。

　　一片片鱗狀的浮雲，點綴在藍天上漫步。小溪裡的潺潺流水。雨水，河水，從冰凍的世界再生。

　　T.S.Eliot 的荒原陳述著現代人精神世界的死寂，然而，我們卻在不知不覺中走入了後現代，前一個世紀的悼嘆竟也在蹉跎中逝去，遺失的到底是什麼？

水，總是代表生機的。

就連發懶，在初春也是不被允許的，早晨鳥兒在窗外有如酒吧裡徹夜狂歡的旅人。

自然改變著，牆上的畫，過了一季，總想做一點改變。為了一幅保羅・塞尚（Paul Cézanne）的畫，翻片了整遍撒哈拉沙漠只為了找一幅畫框，最終，卻也沒有放上那幅畫，卻以一束平凡的黃色小花代替。

人生的計劃總是被變化取代，未來之所以令人期待，或許就是因為永遠無法被預知。或許今生的劇本，早在前世都寫好了，只是人們從來無從得知。

時間怎麼遺失的？Proust 在最後一本小說中找回了時間，在歷經一次大戰後，人事全非，所有失去的和獲得的都不再重要。

時間，證明了一切，讓人沉澱，看清楚世事。

時間是一顆魔法試金石，讓人騙不了別人，騙不了自己。人最終只剩下自己和自己的心。

最終，不管願不願意承認，總得在時間的底端面對真實的自己。Proust 從未追求永恆，也未追求真理，在那仿若追尋真理的過程中。時間怎麼找回的？

在文學藝術中？在永恆不斷重複，return？過去，要是可以再來一次，在那個當下的時空，人還是會做相同的選擇，而這也是人的現在是由過去所組成，因為過去的選擇永遠是一樣，所以才證明了目前的存在的價值。

春天天暖了，小城的時間很奇怪，像是靜止的，卻又不斷在流動，一瞬間日曆又翻了好幾頁。

日子過得飛快，卻總是不知不覺。只是那窗外的景，那窗框也像一個畫框，裡頭的畫是變動的。

一個地方待久了，就習慣那個地方的空氣和水了。日子，步調，就這樣在走。

　　一路上轉換過很多階段，現在卻漸漸，一如存在魚缸中的魚安於這種存在方式。

波士頓美術館

　　她總覺得他無法走近她內心最深處，因為如果沒有她，他不會自己去逛美術館。

　　後來她才明白，如果有一個人，願意因為別人的喜歡而喜歡，而改變自己的喜歡，或許那才是真愛。

　　歷史在美術館裡是重疊的，一幅幅作古的畫作在寧靜的環境裡說著悄悄話。

　　時間在美術館不是線性而是像一個圓一般旋轉重疊的。美術館的空間是在三度空間之外。每次的拜訪，都是同一個地點。然而每次的拜訪，卻都是人事景物全非。

　　你踩在某個歷史的時空背景裡，以旅客的身分，研讀某個時空中某一個點的事件，回想著作畫時的情景，畫家，時代背景，畫中的景物。

　　你在有限的空間中移動著，走近一點，離遠一點，看畫的視角都有細微的不同。

　　在有限的房間裡，卻沉浸在另一個時空。畫裡的空間，在清醒的意識當中，空間被放大，超出了人類有限生命裡可以體驗到的某個點。

　　古董，畫作的珍貴，在於真跡無法被複製。

　　於是有別於禮物店裡的複製畫，網路上翻印的，書本上擬真的畫作真跡讓人瞭解什麼是無法取代。美術館裡的畫是固定，卻也是流動的。

畫布上固定的色彩，構圖，在觀者不同視角間擴張縮小，像一幅會說話的故事，隨著思維，畫作無限地延伸。在畫框之內的畫，是活的沙漏，時間到底了，卻又自動翻轉，隨著美術館不同的展場，偶爾累了，便被收到儲藏室裡。

　　隨著氣候的轉換，即便展覽，在適當的溫度與光線，偶爾應邀，乘著汽車，地鐵，飛機到世界各地參觀與被參觀。

　　畫作裡的人在看著誰，那一個熟悉的眼神，是在看著畫家還是你？畫作裡的人在想著什麼？

　　Turner 的光線和用色總是讓人著迷的，然而書本上看的和實際上看的確仍有很大的差距。

　　The Slave Ship，有明顯的光線差距，中間的陽光，海水上的反射，和天空暴風剛過餘留下的烏雲和海面上左右兩旁的暗影充滿對比。

　　在海面你看到浮在水面上破碎的肢體，遠看，與海水融為一體。只是暗影中的一種較深的色彩，然而近看，卻是一截截扭曲，掙扎而後放棄的肢體。

　　在不曾進行瞭解前，所有的人不過只是擦身而過的面孔，再靠近，溝通瞭解後，你看到更深的一面。每一個面孔背後，都有不同的故事。不再只是融在人群中，或是海水中的一種面孔與畫布上某個比較深的顏色。

　　畫在說著什麼，（human suffering）人類的苦難與自然。

　　畫的名稱叫做奴隸船，死亡的意義對於受難者到底是一種苦難還是解脫？而暴風過後的天晴不只代表自然界的生死循環，漠然，或許也可以反映在世人對於奴隸生死的

無視？

　死亡或許只是生命過程的一種，然而生命的價值是否也存在階級制度？什麼樣的死亡是死亡，什麼是解脫？如果生命不是太沉重，死亡何來的解脫？

　莫內印象派的畫，芝加哥美術館有很多的收藏，除了熟悉的建築風景，日光轉變，點描法外，莫內有一幅充滿東方風味的畫。

　La Japonaise。莫內畫著自己的妻子，穿著日本和服，頭上帶著一頂假髮，以顯示其西方人的（Identity）認同，和服上最明顯的即是紅色的衣服與衣服上一個淺藍色男人的臉。這與莫內通常色彩諧和的畫有很大的差距。

　在不同文化相遇後會擦出什麼樣的火花？

　你要，或願意接受多少改變，在兩種文化間如何經歷兩者都不是的恐慌，到在之間找到平衡點與定位？

　一種很少族群的中間族群定位？莫內的畫不求完全東方化，而堅持頭上那一頂西方金黃色頭髮的西方認同。如何在不嘗試完全接受東方文化而保有自我？

　在適當堅持自我間創造出另一種文化，或許才是畫作的主題。歡愉的氣氛，在用色上和背景跳躍式的扇子顯示出一種歌舞音樂性。

　O'keeffe 是廣為被女性主義學者討論的畫家，這次到波士頓前，朋友就送了一張 O'keeffe's *White Rose with Larkspur* 電子圖片。

　那像是一個遺失的夢想。有時候，喜歡到處拍照的人，會在某個特別的時刻，不想拍照。

原因只是因爲太特別了，所以不想用任何形式記錄下來。

　　O'keeffe 的畫沒看到有類似的感覺。或許，拿掉理論，主題，當你只是純粹地看著淡淡的藍，花瓣似的構圖，好像散落在海面上美好的過去，一片片白色的花瓣，或是藍天上的白雪。

　　回到最原始的時代，你問一個小孩，在畫裡看到了什麼，她可能會開心地笑著說，是一朵白色的花。那朵白色的花，就是生命裡的信仰。

　　其實一幅畫，像世界一樣，什麼都是，也什麼都不是。端看觀者的視角，和願意相信的視角。

　　即使有某個特定存在的事實，也只存在於某個微小歷史的時間空間點裡。

書的房子

或許在不同的時間，我們在某一本書裡曾經相遇。

美國的 Indiana University Bloomington 校園裡，每一個學院都有自己的圖書館，離宿舍最近的是總圖 Main Library。

總圖分左翼和右翼。右翼叫 East Tower，每層都是不同系的圖書，而一樓大部分是研究生電腦與影印，借書的地方。往內走有一個暗門，裡頭是書層，有整片的落地窗，和很多傳統木製書桌。左翼是充滿現代化的個人辦公桌和電腦，有討論區，電腦軟體教學區，大學部學生討論區，二十四小時開放。

總圖是離宿舍最近的圖書館，某一兩年的冬天，總是待到午夜十二點，趕搭最後一班公車，抱著書在下雪的深夜裡發著抖站在公車站裡，等公車。偶爾，車裡會有四五個人，偶爾接近期中期末考，等車的人和搭車的人多一些。偶爾，只有自己一個人。

校園裡最古典的圖書館，其實是法學院的圖書館。

挑高的隔層，傳統原木的的大書桌，還有那一盞盞類似新古典主義的桌燈，鵝黃色的，在黑色的玻璃窗上反射出燭光般的倒影。

法學院的落地窗外臨著一片樹林，在深夜的時候，你感覺與整個世界隔離。在下雪的時候，你感覺世界只剩下

你自己，被拖回某個小說裡的時光，你望著窗外一片片雪，幾乎，可以就這樣單純的存在下去到永恆。

到天暖的時候，一片綠意盎然，運氣好還看得到咖啡色的松鼠，在樹上爬上爬下，挖土找果子，和各種顏色，各種大小的鳥，一片片落葉，綠的，黃的，枯的，時間，和日子，是以落葉顏色數著的。

偶爾陽光藍天灑滿林間，一片金黃色的世界，讓埋在紙頁間的人感覺像一個待在醫院的病人，或是囚犯，永遠無法走過，跨出那一片透明的落地窗到溫暖的陽光和草坪底下奔跑。

偶爾天陰，下雨，一片片濕淋淋的葉子，卻又讓人心碎。

你在某個時間，固定去圖書館，固定坐某個位置，總會有一兩個陌生的人，也固定的出現。

你們不相識，或許對坐著，偶爾抬抬頭，偶爾，不小心，眼光交錯，然而卻都沉浸在自己的世界裡。

偶爾看著彼此，看透般地看不透，看不透般地看透，互相凝視著，很久。而到某一個人意識到了，而後移開視線。

圖書館的書，到現在，只要上網預訂，直接到櫃檯領都很方便。然而有時後急迫的需要，仍得獨自一個人在很多夾層間，翻閱，尋找，有些層樓，人已經熟到，電梯一打開，習慣性地走往某個方向，某個夾層。

最親近的圖書館，是系上的圖書館，同時也是辦公室。裡面除了幾乎可以當古董，泛黃的，充滿灰塵的書，偶爾，還可以翻到以前教授，學生的筆記，論文。

最讓人出神的其實是系上的圖書館。翻閱著暈開的筆跡的筆記本，某個陌生的人名，寫著心得，塗鴉，關於某一堂你可能正在上的課。你感覺，自己的心，竟然可以和另一個人，連繫著，一個你不認識的人。

　　在你可能會發呆的時候，同樣發呆塗鴉了，在你最喜歡的段落，也下下註解了。記事本，存在著某種特殊的意義。

　　圖書館，其實是跨越時間的空間，是一個裝書的房子，思想交錯著在橫軸與縱軸間譜出一個交會點，凝滯的空間，同時流動著，靜態的表象，卻是內在心思最活躍的舞臺。

　　所有思考流動，情感，都蘊藏在低著頭，毫無表情的心裡。書裡作家要傳遞的知識感覺，你的知識感覺，在跨越時空地點，心靈交流著，與作者對話。在裝書的房間裡，飄浮著很多別人聽不見的悄悄話。

The Tomb

所謂，真正的死亡，是被人們遺忘。只要有人還掛心著，就是永恆。

飛翔的時候，憑著氣流，是雲朵裡的浮木，永恆的漂流狀態，然而卻跨越了高山，溪流，城市，沙漠，那星辰，日月。

不疲累的追尋，卻又不是朝著太陽漸漸融掉的羽翼。或許，人自始至終還是逃不過存在透明時間流沙裡的。

隨風揚起的葉子始終會飄落，白色的羽毛也會在某個時間點，飄然而降，一如那冬季的冰雪。

於是，生命仍然是延續的，羽毛被泥土染了色，被綠葉，被秋風，被雨水，在落地後像樹根一般地漸漸地延伸，攀附著土地，向下擴張，與延伸。

與那一段過去相比，同樣是往四周，往上攀升的狀態，改變的，或許只是隨風逐流漂木般的孤寂，與如時光倒轉一般，上下顛倒的狀態，奮力地紮著根，與延伸，深怕，一不小心待不住那原有的土地一般。

那一種與之前相對比，恆久移動的狀態，卻在等待中，沉靜下來了。

那無限追尋的視野，地平線，海平面，與不同高度的視角，爲的是能精準地集中在某個定點，像樹一般地不移動。選擇與不選擇，似乎也沒有比較性的問題。

如何在可以振翅的時候振翅，如何在該歸於平靜的時候安息，卻一如那重複的日夜一般自然。

　　草地上的綠意，更加濃更加密，點綴著那高高低低灰色的石子，那經過雨水沖刷，不再清晰的墓誌銘，與名字。

　　從小徑上經過的人，有的匆匆地走過，有的只看到灰色的石碑，或許有人多看了兩眼，或許有人注意到了名字。偶爾可能有人擺上一束花，有的位置整裡的乾乾淨淨，有的卻早已荒煙漫草。

　　有的石碑上的名字，莫名地會在某些媒體，書報，文字上反覆出現，有些只如一閃即逝的流星，有些如同那不起眼的小蠟燭，甚至還沒點燃過，便已消殞。

　　到頭來，只是在土地上占了一個位置，不再移動的那一種，在時間和空間上造一幅圖，一個印象，仍是會漸漸模糊掉的那一種。

　　不論翱翔的狀態多麼生動，五官，感官，物質精神多麼富饒也好，貧瘠也好，實質上的存在始終會消滅的。

　　石塊邊，是否整潔，或許也不是那麼重要，石塊旁放的是哪一個石塊，或許也沒有感覺。

　　離開的從來都不是問題，問題都是那離不開與仍然還在守候的。

　　仍然還活著的人，投射著心裡的感覺，到那石碑上。然而，活著的確實是需要些什麼來彌補那頓失的缺憾，那來不及實現的承諾。

　　需要某一些儀式，很多的眼淚，那孤魂，原本指的是留在心底磨不掉的印象。那麼，或許就讓它成爲一座公園，再平凡不過的那一種，隔壁有正常的住户，旁邊有鄰

近宛如一般街道般的走道，放上些各式各樣花草的種子，那灰色的石碑也可以是一件件的雕術品。

在春天的時候，成爲各種色彩的驚喜，所有的哀傷都可以被平息。

在那陽光下，打上淡淡的色沙，在風中，在林葉中，生動地，跳著舞蹈。

靈魂平息的時候，是在生者臉上和眼裡，再度看到希望與微笑。

始終要分離的，只是，怎麼讓它永遠能留住美麗。

在還生的人身上，存在延續著的脈動。

Missa Papae Marcelli

某一日在日光中醒來，
才發現昨日前的事仿若前生。

　　在昏暗的書房內，微弱的燭光閃爍著，隱約在暗紅色布簾上隨著夜晚微風被吹落的塵埃，飄在空中。作曲家的墨水，在蒼白的臉上與紙上，疾馳著，那倉促流逝的光陰。

　　文藝復興時期某個義大利的深夜，在幾百年之後，也只能憑空想像，孤寂，在千年之後，是否仍為同一種孤寂？

　　在黑夜中，白色的百合由含苞漸漸綻放，時間的流動，只有在徹夜不眠的作曲家眼底呈現，仍然，太過於緩慢，微秒之間的花開，證明時間是有延展性卻又不可扭轉的。

　　然而那音符，白鍵黑鍵上的格子，可以從低音走到高音，再從高音跳回低音，在平淡重複的旋律中，參雜一點什麼。

　　打翻了的調色盤，在瞬間湧出，主調基調，顏色在水中流動著。從作曲家的室內流到梵蒂岡的大教堂。

　　遠方望出去威尼斯的河水在月光下不安地浮動著，風起浪高，在夜色中吞噬著河岸，整個城市似乎就要被水吞滅。

那教堂天花板上的雕刻與壁畫，粉紅色花斑大理石，挑高的拱柱，天使往下看守著。

　　月色淡淡地滲入乳白色的教堂內，斑駁在千年回音的花崗岩地板，滄桑著。

　　空氣很凝重，總是可以在管風琴聲裡聽到歷史的悲歡離合，只是，這次偉大的人物都已作古。

　　羅馬教會的經典裡，沉重著在合唱團的低音中，人彷彿走進時光隧道，卻再也出不來。

　　那彌撒曲中，進行著同樣主角，同樣的曲調，壓縮了時間，恍惚一切只是在昨日，一如經書上翻頁般快速。

　　Giovanni Palestrina 的彌撒曲說著教堂的宏偉，Bach 的 B minor 彌撒，敘述著主角各自的獨白。

　　彩繪的玻璃窗問著，音樂的作用？不同旋律的音樂竟然也繪得出斑斕的色彩，一如那絢爛如戲般的人生。只是這次又壯闊多少，輝煌多少，慘烈多少，悲涼多少。

　　在結尾的曲目中，終歸要回歸平淡與寧靜的，那悲壯了一生起伏的人生，終歸於要一如威尼斯的河水，在月色下安息。

　　在燭影間，歷史的孤魂飄盪著，在城堡的草坪間飄盪著，在高塔邊飄盪著，在燭影間，那若隱若現的幽魂，仍然迷失著。

　　作曲家橡木製的書桌上，草稿散落著，音符一如那不得安息的靈魂不斷地湧出，墨汁擅自在草紙上走動著，已經忘記那彌撒中的男聲是教會裡穿著白衣的教士，還是那歷史上遺留下的幽魂。

　　然而，千年之後，人疑惑，曾幾何時說著生死慶典，少了某些 Key 的宗教音樂，卻也讓人著迷起來了。

彷彿一個參加喪禮的，戴著黑色面紗，端坐在教堂某一個陰暗角落的女人，低著頭，半闔著眼，眼睫毛像一把孔雀的扇子，用繁華嘗試藏住哀愁。

　　淡淡的午後陽光透進面紗，打在蒼白的臉上，一個個紅字般的烙印，燙著。

　　偶有風，黑色的面紗微微擺動，卻撕裂著白晰的面頰，那成為時間祭壇上的皺紋。

　　那未掉落的淚水，凝住在某個特定的時間點。

　　音樂諷刺著棺木裡冰冷的軀體，問著，還熟悉，還記得嗎？

　　作曲家，以冰冷僵硬的軀殼回以沉默，女人卻在闔上棺木前，匆忙地離去，彷彿在閃躲那追趕在後的時間。

　　那一朵白色的百合，卻從未落入棺木中，就如同那最後一晚，她離去前刻意遺忘的擁抱。

遊樂園

　　她總有一個願景，爸爸抱著小孩牽著媽媽，一起環遊世界各地的遊樂場。

　　那是會漂移的歡樂。像吉普賽人一般，到處流浪的遊樂園。

　　從那一小城一到這一小城，它像一首歡樂的歌在美國地圖上旅遊一般地，於每個定點，劃上一個暫時駐足的小符號。打開了發電機，旋轉木馬，摩天輪，海盜船，碰碰車，咖啡杯，投籃球，套酒瓶可以贏娃娃的小攤位，都活了起來。

　　從傍晚，開始捕捉天空的彩霞，讓變幻的雲彩在黑夜裡轉為點亮夜空的彩虹星光，遠遠望去，是深海裡的珠寶。

　　一個海市蜃樓的天堂，可以讓夢想翱翔小鎮裡的沙洲，音樂從來不離場。白髮蒼蒼的售票員，對於顧客問的問題，請問你知道幾點關嗎？

　　回答不知道。

　　彷彿所有的問題都不需要答案。

　　然而遊樂園只會在一個城待一週，包括那滿溢溫熱的糖圈麵包，爆米花，或是充滿彩色糖果的糖果屋。

　　週末的時候，廣場上是家家戶戶，小手牽著大手的走在遊樂場內，跑跑跳跳。平日的暑假，小群零零落落的高

中生，嘻嘻鬧鬧的排隊，等待那脫離地面與地心引力抗衡感官刺激的片刻。

他說：照片上的廣場，有些冷清。我們隔著一道洋。

比較起來一般的遊樂園，是冷清了一些。
然而，她卻喜歡冷清。
好像整座城堡都是只為了歡迎，迎接，某一種等待。在接近夜晚的時候，突然城堡就因為某一個簡單的原因而燃起了煙火，摩天輪旋轉著，滿天的水上煙火。
映在水波上，他說，是妳穿著黑色絲絨晚禮服，白皙的頸上，掛著粉色珍珠。
那是最後一夜，隨著午夜的接近，穿著制服的員工，開始拆卸，讓人眼睜睜的看著手上仍未使用完的票。
過了午夜，遊樂場就會離去，隨著日出而消失。穿著制服的員工拆解著魔法背後的技術。
一具具的金屬就這麼輕易地被卸下來，讓人疑惑著究竟是選擇相信魔法比較容易，還是看清現實比較容易？
那千年的謎？卻無法在午夜前得到解答。

她回答說：那夜並沒有比較冷清，是自己站前了一點拍照。

她忘了提，其實自己喜歡空蕩蕩的場，就如同即使不是一個人，還是會有空蕩蕩的感覺一般。
然後隨著日子的加深，人會漸漸與空蕩蕩的感覺成為好朋友，漸漸愛上空蕩蕩的感覺。也開始習慣總是需要一

些多餘的空間。

　　在空間裡，無論有沒有遊樂場，還是播放著歡樂愉悅又輕快的小調音樂，還是穿著舞鞋，旋轉著。

　　無論遊樂場又流浪到了哪一個小城，心，也總是跟著一起流浪。

詩的建築

　　她未說完故事，便離去，他拾起了剩下的章節，完成了建築。

　　讀詩，像在建一棟高塔，在磚塊與磚塊間的隙縫，人得填上不同的材料，在轉角間遇見，十年前的自己，在轉角間遇見了誰。

　　月光順著風滑落在白色尖塔上，灑了滿屋簷銀白色的星光，那一季一季記憶的詩篇，在入夜的魔法森林裡呼喊著某個遺失在森林小徑的名字。

　　冬季裡雪地的倒影，織起似曾相似的另一座城市，另一棟建築，很遙遠前的曾經，他把心留在那裡的城市。

　　於是，人不敢再回到那熟悉的都市，徘徊在，想拼湊一首完整的詩，和恐懼於無法記得起完整的樣子。

　　寧願就這樣留著，在風中，被雨水淋濕，日曬曬乾，被埋在雪地裡，從春泥裡再生出，期待它哪一天，會如千年化石一般，在風雨時間的沙漏中，自然地風化，那一張，沙漠裡海市蜃樓的臉譜。

　　他們說，詩人總是懶惰的，建了一半的建築，因為看到某一片賞心悅目的風景，卻又做起白日夢，在藍天白雲下，拋下了用字句堆砌起的建築，就又擅自到另一個城市去流浪了。

她讀著他的字，和那不完整的歌德式高塔，沒戴手套的手，在雪地裡早已凍得僵硬，然而卻又去觸碰那石灰色的磚瓦，百年的滄桑，像凝結在天上掉不下來的星子，卻連怎麼低泣都給忘記了。

他築了一半的密碼，然後就走了。

留她獨自在黑夜，解著 code，文字和數字，在某種程度上，或許會有一點兒什麼關聯，當人無從解讀，或誤讀的時候，兩者卻又產生交集了，他說，同樣的困難度，讓彼此在從此變成陌生的城市，相遇而又分離。

雪地裡只會有足跡，卻沒有字的足跡。然而，說再會卻也該有一些儀式，不再是無法回頭的回頭，不再是含著淚的只能往前走。

然後，那個城市，就空得只剩下遺憾了，像一抹迷路的鬼魂，在黑色的城堡建築的長廊與長廊間打轉。

（The city in which I loved you，the city in which I lost my heart.）詩人突兀的字句，像一團謎，再也解不開了。像一棟未完成的建築，她，笨拙地模擬著書本上相似的圖，嘗試想畫出他原先心裡的樣子。

揣測那一個只說了一半的故事，卻在冬季，莫名地從睡夢中驚醒。

那不停的白雪，打在窗簷上，落在毛外套上，一片片寬鬆的雪花圖騰，怎麼說，都比，方程式上的 code 美麗。然而，他說，同樣的美麗，連字句也無法形容了。

於是，那困難度，是所有唯一可能的交集。

那建了一半的城市，和彷彿寫完的半首詩，空白了大半的紙頁，讓意符與意旨無止盡的像攀爬在牆上蔓延詮釋，像沒有沿岸的海水，覆蓋著所謂潛意識裡的世界，沒

有疆界。

　　於是，人們卻也尋不著岸了，那一個想望卻又遲疑，令人矛盾的都市。在紙頁上，重複著同樣城市的名字，彷彿城市已經變成她的代名詞。

　　他說，畫好草圖吧，我來把它建給妳。

　　然後，她走了，圖還沒畫好，建築蓋了一半，尾巴留在某一年的暑假，詩人連句號都忘了放上去。

　　那一個令人害怕的城市。

　　剩下的，是無盡的想像空間。

　　她寫著還沒寫完的歌曲，他建著還有很多空隙的建築。

　　然而在春天還沒來的時候，她又得離去了。

　　留下那永遠無法完成的圖。

第三章　臉譜

愛上 Cappuccino

　　那種需要磨製的咖啡豆，若帶上醉人的酒香，小小的一口，已經不是清醒和醉之間那麼簡單的事了。

　　某一天，就這樣發生了。她突然忘記以前討厭 Cappuccino 的理由，忘記自己多不喜歡因為喝了咖啡後，心臟跳得很快，感覺心臟在坐雲霄飛車，不知道哪時候會突然停的感覺。

　　跑去問醫生，醫生診斷不出原因，詭異的笑了笑說可能是恐慌症，要轉診到精神科，於是很生氣地離開，歸咎於那一杯惡作劇的咖啡。

　　然而，某一天，她卻發展出喝 Cappuccino 的習慣，就好像牛頓被掉下來的蘋果砸到莫名奇妙地發現地心引力，或是像某個科學家發現宇宙中某個不知名的行星一般開心。

　　它和咖啡不太一樣，一開始聞起來香香的，然後喝進去苦苦的，熱熱的，咖啡的味道在舌尖停留很久，從小小的嘴瀰漫到全身，那咖啡因子，讓人感到整個人浸泡在咖啡中一般。

　　它的溫度在寒冷的冬天，恰恰好保護著凍得紅紅的雙手，手指在冷風中與熱熱的杯子間轉換著溫度，嘴角靠著杯角，呼著熱氣，小口的啜飲著，一點點讓咖啡的味道暖著身子。

那家手工咖啡店，總是要排隊很久的，一路從店裡排到寒冷的店外。

　　然而她卻還是喜歡看店員熟練的磨著各種咖啡，過濾，沖泡，偶爾幫拿鐵打個圖案，一個笑臉，一個心，像個發現新大陸的孩子，眼睛不打轉地直盯著泡咖啡，感覺很新奇好玩，甚至想要自己親自試一試。

　　只是那會發出巨響和冒煙的水蒸氣咖啡機，總是會讓專心壓平咖啡粉的人，嚇一跳，或許尖叫一聲，打擾到周邊的人。

　　調咖啡的時間虛晃了一世紀，那店員熟練的動作，讓她想到在做沙畫的南美拉丁藝術家，一杯咖啡，一個故事。

　　原本，排隊，是在等待，一杯奇怪名字的茶，某種不知名的熱帶水果。

　　然而，什麼時候開始愛上咖啡，尤其是 Cappuccino？或許是那一天，在排隊時，他剛好經過，跟她打了聲招呼和微笑。

　　或許是那天下雨她拒絕他善意的傘寧願淋著雨，或許是那天她在等待時，他剛好買完一杯 Cappuccino。

　　又或許是他笑著取笑她又翹課時，聞到他身上 Cappuccino 的味道。

　　又或許，Cappuccino 只是讓她想到他的微笑。

　　於是，他的名字，從此叫做 Cappuccino，某個怪異不搭調的暱稱。

　　為什麼開始喜歡喝 Cappuccino？因為會上圖書館的人都在喝，因為人們需要很多咖啡因保持在書堆中受創腦部的清醒度，在夜晚，在日間，在夜晚與日間的交錯間。在

燈亮與燈熄間。

　　他說，圖書館是二十四小時開放的，只是，她從來沒有勇氣，從來沒有勇氣待到天黑。

　　因為天黑之後，樹林裡的大樹枝，會變成一隻隻怪手，捕捉還在外遊蕩的靈魂，尖尖的月亮會割傷頑皮指著它臉嘻哈的小孩。

　　夜晚的公車，會變成巨大的臘腸狗，吞噬掉最後一個下車的乘客。

　　他說：藉口。句號。兩個字終止她接下來三千多種不同的理由。

　　懶惰的人卻忘了什麼時候開始喜歡喝 Cappuccino，某天她卻發現自己不再害怕咖啡因作怪，心臟跳得很快，醫生診斷不出原因要把人轉診的時候，仗著骨質疏鬆症離自己還很遙遠。

　　或許是從發現彼此都喜歡喝同樣咖啡的那一天起。

醉

　　有時他反而覺得，最好的琴音是醉酒時彈出的，清醒的時候，太實際，照著規矩琴譜走，充滿匠氣，少了點不受理智控制的情緒。

　　傍晚時，聽了敲門聲，她看著滿臉通紅，一身酒味的陌生人，靦腆地拿著早上欠著買二手電子琴的錢來還錢。

　　她問：你醉了嗎？

　　他抓著頭，笑開了：沒有吧。接著問：妳怎麼知道妳是清醒的？

　　冬天一過，她又開始尋找新的公寓，每年春天都得換一個新氣象，她總是那麼想著，搬家是最好清掉一屋子不需要東西的時候。

　　習慣了旅居國外，習慣了旅遊，她常常想，人的身上，其實需要的就那幾樣。

　　她喜歡每個住的地方都像家，然而，她喜歡大量地在空間上留白，一留好風水，讓空氣流通，二留空間彈性，隨意地隨著節慶增添與減少擺飾，三留白。

　　就像人生中的留白，壞說無常，好說，驚喜，意外，預留空間，想像，再留那一片白淨的記憶開始。

留白，是不因既有的框架預設立場，誤聽誤讀誤解。她喜歡一大片白，只要還沒著上色的，都是希望。

　　那天，她貼了張布告說要賣掉跟著自己兩年的電子琴，原來是在國外想打發時間，在家裡練琴的，但買了之後才發現，電子琴鍵之輕，與木製的鋼琴觸感很不一樣，因為觸感，因為彈下去再反彈的重量，讓她遺忘了不看譜就可以彈出的音符。

　　朋友總是問她，你怎麼記譜的。她從沒告訴過人，她從來不記譜，因為她記不住，她不記音，她不記位置，她記每一個白鍵與黑鍵的距離與間隔，她記手指與琴鍵間的力道拉距，她記感覺，她記跳躍式的存在感。

　　布告張貼之後半小時，就有人回信要來拿琴了。

　　他寫著：我身上還少二十美金，因為打工的錢寄給爸媽了，不過如果你堅持，我可以跟朋友先借。

　　她思索著：自己賣的已經比網路上二手標價少了百來美金了，沒道理減個二十，就乾脆不回信。

　　過沒多久，電話聲響了，頭一句問：你說中文嗎？他說人已在樓下了，但是借的錢又不見了。她心想哪來的騙子。他仍在問車可不可以停樓下怕被吊走。過會兒，敲門了，來了個人，手拿一把鈔票。他說你算一下還少二十，我等下再去借，晚點拿給你。

　　她算了一下，問他，沒有啊，只少十美金。他說：不會吧，我沒那麼多錢。她又再算了兩次，才發現兩個五元算成十元。喔，她笑著說。

　　傍晚的時候，她想，要這個騙子沒拿錢來，她也拿他沒輒了，於是就忘了這件事。晚點時，他卻又打了電話，一身醉醺醺的出現。算了錢，他說又少了一元美金。

她説：算了算了，一心想打發他走。沒想到他看到牆上的畫，開始東扯西扯，説自己才剛從海上回來。一句很耐人尋味的話，起了頭，她耐不住好奇心又接著問。後來她説：你醉了。

　　他看著她説：妳怎麼知道自己是清醒的還是醉著的？

　　她問他：你喝酒都是開心喝，還是不開心，還是大家跟著喝就喝？

　　他想一下説：都有。

　　她説：我前陣子戒酒了。

　　他睜大了眼説：別戒啊。像你現在看書，等會兒就可以去喝一杯。

　　她心想：還真遇到了個酒鬼。

　　滿身酒味，有點晚了，你快回去吧，別睡在路上啊。她急著想趕人。他問她要借個香水噴再走。拗不過，她拿出 Dior 遠遠地朝著他噴，説，可以了吧。晚安。

　　書上總説，人如何下臺，下臺時的樣子，大家總會記得的。

　　那時，他抓著頭，笑著，耍賴的嗅著落下的香水，説那我走了，晚安。

藍眼睛的吉他手

　　她的眼睛像湖水一般藍，透得似可見底。風一起，卻又變幻無常不可捉摸。像一個走進去便再也出不來的迷宮。

　　那一場毫無預期的吉他演奏發表，像一場毫無預警的雷雨與其後令人驚喜的彩虹。

　　五月中，天氣總漸漸開始溫熱起來，然後隨著時間到日正，曬得有如熾夏。那天 N 一時興起，約著朋友們一同去一場吉他表演發表會，到了入場後才發現是由小朋友與大人組成的。帶人走入了一場又一場的魔幻迷宮。

　　不同年齡層的小朋友走上臺，彈奏著古典吉他，Tango，佛朗明哥式的，大一些的孩子穿著西裝，酷酷的表情，俐落乾淨的音樂，熟練的技巧，甚至豐富異國的情感，然而，在音樂散場之後，讓人念念不忘的卻是兩段小插曲。

　　一個褐色捲髮的大約六歲小女孩，穿著一襲粉色洋裝，認真地擺好琴譜，翻閱，坐好，然後撥琴，很簡單的一首綠袖子，不甚完整的拍子，落拍，等待，含混的音，連音，一個一個不銜接的像春天掉落湖邊的星子。

　　然而，她的腳偷偷墊著拍子，群擺微微揚著，偶爾透出一兩個小笑容，靦腆的看著琴譜，時又在彈錯音時露出緊張的表情，短短不到幾分鐘的曲子，她卻有最多的臉部

表情和情緒反應。毫無修飾的才華，渾然天成，不如樂師的匠氣，不如大師的熟撐及揮灑情緒於音樂之中，她讓人想到在春天溪水邊擋著鞦韆與吃冰淇淋自得其樂的情景。她專注地在自己的琴譜吉他弦上，然而卻沉醉在自己哼著的音樂裡，意識到是一場表演，然而卻又不是完全的在意。

　　觀眾給與她很多的包容和掌聲，或許是因為年輕的獎賞，大家不苛求於音樂的精準表達。然而，看過太多專業演奏，及世界級的表演後，人才會發現，那一份稚氣和童心是日復一日專業的訓練後模仿不來的，那是一個對於訓練有素的音樂家不可饒恕的缺陷，卻又讓人體認到缺陷的美，是在專業的訓練下迅速流失的。

　　她的音樂美在毫不在乎，美在自得其樂，美在毫無自知其毫不在乎，美在專注，和對於某種抽像式的夢想追求。那是孩子的世界與天堂。像一潭清澈的湖水，平靜地反映著世間的事物，你可以清楚的在她的眼裡看到自己的倒影。

　　當人們都還未忘記夢想與追求夢想這一回事。

　　當人們在莎士比亞所說的舞臺中演著各種不同角色的戲，卻還不自知地享受著被命運賦予的戲分之時。

　　當人們還沒決定犧牲時間來不斷反覆排練與琢磨選擇之時。

　　她清清脆脆的弦音有如醍醐灌頂，在已熟悉的譜中，脫序演出，在規劃好的拍子中，凌亂地自成一格，她自信地走著她的步調。

　　那漆上白色的木製吉他，靜靜地坐在她膝上，一塊璞玉。

布料

櫃子上那些充滿不同花色的布料，便如人生。
裁縫師可以依著不同的念想變出任何的成品。

　　如果說可以用布料來比喻人比喻人生，那人生是哪一種布料，是什麼顏色的布料？

　　不知道從什麼時候開始，隨著時間不斷地往前移動，像一列高速火車，你開始想念遠古的時代。

　　當每一件衣服都不是大量以機器製造，不是以衣架掛在很摩登的高樓百貨，在玻璃的櫥窗裡，在不同顏色的燈光下。

　　你懷念那一個時代，得在幾個日子前，給裁縫師捎一封用筆墨寫的信，書信往返幾回，預約某一天。

　　然後裁縫師會選在某一個午後，帶著幾匹信裡提到的花色，和材質的布料來按門鈴。

　　或著，你選一個天氣晴朗的午後，親自到裁縫店裡，看著一匹匹布，親自用手去摸每一塊布的感覺，每一塊捲起來的布都是最大的想像黑洞。

　　充滿問號，卻又無限寬廣。

　　它也是無限大，無限的可能，沒有拘束，限制，可以成各種式樣，符合各種身材。

　　每一塊布，都是得親自摸過的。

　　你輕輕碰著各種材質，把布料攤開，圍在身前，開

始，想像，一個故事。

　　或許，裁縫師或設計師，心裡老早就想好適合的構圖，然而你總是可以參與討論的。

　　於是裁縫師在確定了布料之後，會拿出一把布尺，在你身邊轉來轉去，量著各種尺寸。

　　偶爾一兩句交談，啊，又寬了點嗎？偶爾八卦左鄰右舍，和最近的小道新聞。即使是同一種款式，樣子，都可以套在不同的布料上。

　　挑選布料的過程是緩慢，有時甚至是累人的。

　　然而，你會擁有一件獨一無二，手工製的衣服，從最初的布料挑選，剪裁，樣式，整個製造過程，都有自己的參與。

　　沒有固定的尺碼，特小，小，中，大。挑出來的布料，只有唯一一個尺碼，一種，完全貼身屬於自己的衣服。

　　在那一個很久很久以前的年代，小孩總喜歡跟在大人身邊轉啊轉，墊著小腳，用兩手放在各種布料上，弄得一團亂，然後跑開。

　　漸漸地，從一開始因為顏色被吸引，你會開始注意到即使同一塊顏色的布料，卻有不同的質感，即使同一種款式，不同場合，卻需要不同質感的布料。

　　棉的，亞麻的，雪紡紗，中國絲綢，印度絲綢，各種不同的毛料，皮革，等等等。

　　不同的顏色在不同的布料上也會產生不同的組合和感覺。不同的布料在不同的燈光下，也有不同的化學變化。如果說縫製一件衣服是一種藝術，它像一場排列組合的遊戲，像一場拼貼的化裝舞會，是一場幻想之旅。

小孩，總是好奇地，睜著大眼睛看裁縫師，熟練地拿著皮尺，在布上劃線，然後快速地用銀色的剪子剪布。

　　接著，在付了訂金之後，剩下的縫製剪裁工作都得交給裁縫師了。

　　最好最細的手工，往往都是在衣服內襯縫線部分，是否整齊，毫無差錯，結尾是否乾淨俐落，看不出來殘餘的縫線，收工美不美。

　　如果人生是一塊布料，會是哪一種？

　　就好像給你一塊布料，你會剪裁成哪一種？裁縫師能不能針對每一塊布料的顏色，質感，所要運用的場合，地點內的布景燈光，而做最適當的設計和剪裁？

　　用不用心，在每一條縫線裡都看得見。

　　在很久很久的年代，每一件衣服都是一件藝術品，一件美麗的故事，你可以想著，那天下午你除了去過裁縫店還做了什麼，裁縫師如何在半夜打燈趕工，每一件衣服都有一個動人的記憶。

　　以時間，空間換來的奢華。

Demo 片

　　我們總是在彩排與練習，不過終要相信，有一個舞臺，某一天，一站上去，就是主角。

　　在希臘露天劇場的聲樂家演唱著，在由火紅漸漸轉紫的蒼穹下，到一片漆黑，四周的拱廊上閃著火炬，火光在黑暗中的冷空氣裡燃燒著，火苗的尾端，青藍的，冰冰的溫度，會讓人迷惘的產生錯置的時空感覺。

　　手上握著德國啤酒，身子，暖著，在水流入喉底那一刹那，人微微感到周邊同伴們的溫度，微微的。

　　什麼樣的聲音是完美，扣人心弦，所有演唱者尋找著內在，挖掘著上天賜與以身體為樂器的底線，挑戰著，嘗試尋找那無限中有限的完美。

　　什麼樣的聲音讓人無法忘懷？地鐵旁的流浪藝術家，一個樂器的皮製空殼子攤在地上裡頭有零星的鈔票和銅板，散落著無奈與滄桑，拉著某種樂器，或許很專業，然而又代表某個過時的年代，又或許搖搖擺擺，只是個初生的街頭藝人，羽翼未豐。

　　人生裡的聲音卻有很多種。

　　有的人，一輩子，都在尋找自己的聲音，有的人活在找到的幻覺裡，有的人暄暄嚷嚷一輩子，有的人的聲音卻是寂靜的。

是的，寂靜也是某一種聲音，又或許是最難解與最充滿想像的聲音。

　　然而，某一個稱作過程的聲音卻特別吸引人，或許在某個飄著小雨的午後，你意外地經過一個地方，聽到不斷重複的聲音。

　　細細地，不是那麼完美，不是很純熟，一段段連續的片段，偶爾有中斷，音質在高音的地方，有時後會出現喉嚨到底端的聲音。

　　以聲樂家的角度，可能不入流。然而，某時候偶遇的聲音，卻觸動了深沈的記憶。因為在一般的生活，細瑣的日子，人生不是總是在希臘劇場裡。或許那一點青澀，那一點不熟練，那一點不完美，在某個時候，卻讓你感到很熟悉。

　　每一種事物，都有它美的地方。美是一種抽象的空意符，沒有所謂的標準，既不是開放，也不是死板固定的。沒有特定的線條，形式，音質，甚至音域和技巧。

　　美是，簡單地打動人心。

　　好比小時候母親低頭哼著的催眠曲，好比情人扯著嗓子大唱只為了搏你一笑，好比好友在孤單的夜裡坐在鞦韆上看著月低哼家鄉的音樂。

　　那一捲 Demo 帶，是某天，A 寄來的，她說某天心情不好，想著自己從未實現的夢想。

　　開著車在街頭流浪，想起以前情人唱給她聽的歌。於是自己拿出錄音機，錄下一小段流行樂，在錄的過程也沒有刻意排練過，也沒有重錄，很簡單地一次唱到底。

　　其中，有很明顯的錯誤。Demo 帶裡面寫著一張卡片，說，現在，你知道，為什麼我不能當歌手了吧。讓人

看了，不禁會心一笑。有一點點遺憾，卻有更多豁達。

　　那一段十五分，沒有伴奏，卻表達出歌詞裡淡淡的哀傷。在片片斷斷的歌聲與沉靜交錯間，某種真心無法刻意練出來，不是照著板子走的，無法複製的簡單。

　　聲音裡的努力，聲音裡的真與不刻意，自然得很美。或許打動人心的，是那某個當下的真心。

　　不需要什麼的刻意，只有真心。

月牙兒　水調

　　在國外旅居，中國過年往往不是被忘記，就是最難過。比起難過，有時候忘記也還好一點。

　　近子夜的年尾，宿舍外飄著纏纏綿綿的小雪，矗立在街口的立燈，孤零零地在方圓幾百尺內閃爍著微弱忽明忽暗的溫度。

　　風聲輕輕地觸碰著厚重的大衣，那靜默中的寂靜之聲，打在心上，卻著實的冷痛。

　　不可言之言，掛在嘴邊的話，就差那一秒，卻靜默了。她仰望著唯一的街燈，卻看不到周遭了。

　　那漆黑如野火一般無止盡地蔓延，燎原一般地，卻讓人膽顫。

　　在風中抖擻的思緒，戰戰兢兢飄忽不定而又瘦瘦細細的影子，卻也遲疑了。

　　一如那如閃如滅的月光，在半結冰的水上嗚咽著，某種異國的語言。

　　一層層地，他們誰也聽不懂誰，那抬頭與低頭的笑，某一種穿越時間與空間的語言。

　　雪花沾在衣服上了，雪花沾在臉上了。他戴著手套厚厚的手，要抹掉她臉上的雪花。

　　會凍著的。

　　她卻退了一步，已經凍著了。

誰也不懂誰的語言，卻交流著，在那淺淺無聲的微笑中，在眼神流轉間。

　　啊，你看。他卻抹掉掉落在她額上的雪花。她卻凝視著遙遠的月，看傻了眼。那好久好久的故事。

　　陌生的語言總是迷人的，他們誰也不懂誰，卻從來不需要更多的語言，那不那麼真實，那永遠在改變，那若有似無的語言，那承諾。

　　他們總是知道的，在每一分每一秒間，總是誰也不懂誰的語言，那異國的另一個世界，卻令人訝異存在如此相同模子的人。

　　月影勾起的思念，他叫了一聲她的名字，回過頭，他遞上一張紙條，寫著他的名字。於是兩人卻又低頭笑了。

　　呼出的氣在夜晚的燈光下幻化成一抹一抹的白霧，多麼地不切實際，彷彿一場夢或是電影裡的場景。

　　你知道嗎？很久很久以前，她開口。他閃著狐疑的眼神望著她，然而他們卻說著不同國度的語言，想看著彼此能瞭解多少那不可知中的可知。

　　當月亮，月亮沒有遲疑地，在定點的時間，在冬至，在人該團圓的時刻，他們卻都只剩下彼此陌生的親切，就如街燈的光，閃閃爍爍，在零度以下竟也讓人暈頭了以為是月光了。

　　像極了一曲可以在耳邊低哼一輩子的歌。

　　他們卻記得彼此的聲音，那細細的，你知道嗎，很久很久以前。

　　那粗粗低沉的，會不會冷？

　　在我們的家鄉，有熱熱的湯。

那很遙遠很遙遠的國度，是否也有同樣的月光，在零度以下的溫度？

　　記憶卻被活生生拆成過去和未來了，現在卻也只是一小片的斷層，像雨後彩虹的某一個色階。他不斷寄著信，每天一封的那一種，用著片片碎碎不完整的英文。

　　冬天的時候，我們到南方的房子避寒，在我們的家鄉。他不斷地寄著信，她卻一封也沒回。在零度以下的溫度，燈打在一個恍惚的身影，她抬頭望著月光，一朵朵的白色雪花從黑色的記憶黑洞中掉落下來。

　　那淡淡的街燈，模糊了冰冷的空氣，讓人感覺活在一層薄薄透明的冰裡。

　　她只記得他曾經站在身邊，隔著一點點距離的溫度。和那毛手套碰在額上，有點刺刺癢癢的感覺。

　　他從來沒有說她長得像月亮，那一封封信件卻持續了一年多，他說那天她冷冷的好像失了溫似的。

　　在年尾的那一天。

　　好像一首歌，可以低低哼一個世紀，好像一個思念可以冰封在仰頭的眼底，好像一個名字可以藏在心底，好像一個月亮。和那白皚皚的雪花，慢慢地從無明中飄落，沒有開始和結局的半場戲。

雨天

天空中不再有聲音，
一朵朵，
白色的雲，
黏成一團灰色的泥土。

所有單一個體，
在陰天的時候，
臉上的表情都是，
同一個模子印出來的。

陰霾的天空，
是倫敦曖昧不明的河面，
雨，一絲絲飄落，
矛盾地纏著人。

感到雨的溫度的，
是秋末的楓葉。

一天天的時光流逝中，
紅的心碎，
黃的倉皇，
讓人想抓住夏季的尾巴，

和那漸層的橘。
感到雨的溫度的，
是仍掛在樹枝上
顫抖的樹葉，
濕淋淋的。

夜　隨風飄落，
緊緊地貼著泥土地，
安息。

你說，只有葉子嗎？
不是的，還有剛綻放不久的花。

扮著新妝，
即使在雨天，
也仍然淺淺地嬌笑。

不管雨滴是否打痛了臉頰，
打濕了群擺，
花朵的心總是暖的。

她抬著頭問樹上的葉，冷嗎？
忘了自己字也說不清地打著哆嗦，她低著頭看著下雨前，起風時，在灰色石灰地上跳舞著跑著的落葉，從高處一路掉落到低處的落葉，現在靜靜地闔著眼休息了。
累了嗎？想起自己只能隨風輕輕地搖動。

唯一的聲音，是花朵的聲音，秋末的楓葉隨著漸漸變冰冷的天氣，沈重地掉落了。

　　明天的你依然不變？花朵還是不停地問。

　　葉子不斷地換著不同顏色的衣裳，彷彿耐不住單一顏色的陰天。花朵開始沉默了，只在心裡哼著歌。

　　倫敦那曖昧不明的湖面，或許是唯一的溫度。

　　咖啡廳裡，玻璃窗內，卻感覺到，外面的世界比較溫暖。我們總是在想像，在創造不知道的故事中的故事，一篇一頁，一字一句，像秋季繽紛的楓葉，一顆顆心的形狀，他問她有多少的故事啊？

　　她說，我喜歡喝熱可可？
　　為什麼？
　　因為會感覺很暖。

　　下雨天，就連花朵也跟自己說話起來，因為樹葉們忙碌得沒時間回答，不同形狀的雲都變成同一副撲克牌臉。

　　她說喜歡今天的黑人公車司機。為什麼？因為司機有不一樣的表情，他的車放著爵士音樂，他提醒人 sweetie be careful 當旅客上車差點滑倒的時候，對著人微笑。

　　她覺得他像太陽一樣讓她忘記今天天氣也很寒冷。

　　她開始想像，要是灰色的雲多一點，能起一個龍捲風把學校吹走，是不是就不用準備做不完的報告，然後學校沒了，學生就得轉學到鄰近的學校，或許作業會更簡單。

　　快喝，都冷了。他說。你沒看見底端出現太陽的顏色了嗎，雖然快傍晚了。她說。

落花

　　既然，每一種花都有時期與生命，只求每一次盛開都一如煙花般燦爛。

　　每一個季節，
　　總有
　　一種花開——

　　春花的繽紛，
　　夏花的繁盛，
　　秋楓的落寞，
　　冬雪的蕭索。

　　花開如流星，煙火
　　剎那的墜落之姿，
　　瞬間的感動，
　　註定的消逝。

　　存在，
　　遺憾的
　　是頃刻。

人們總是想捕捉那瞬間的感動，讓它永存。然而，花開，是一種過程，從種子，含苞，盛展，甚至漸漸凋零的過程，都是花開。直到落葉歸根，才稱至終結。

那漸漸乾枯，與凋落的姿態，也是一種盛開。

生命，美在每一個點點滴滴的過程，只有一次。

花朵的美，或許不在於盛開之時，而在於生命本身的存在，就是一種美。它需要各種不同的過程，人需要瞭解體會與欣賞靈魂的美。

那每日因不同夕照，月光，溫度，風兒在花瓣上變幻不同的姿態。

那由溫柔含蓄，張揚自信，那謙卑，那軟弱，甚至那無助，衰老，漸漸至一種放手的姿態，都是美。

因為花朵活著，外在的形，變換著。

生命是花朵的靈魂，靈魂使花朵散發各種不同色調的馨香，濃郁的，淡雅的，甚至枯槁的。

生命過程本身都有每一個不同階段的韻味。

從某個季節開始，人開始懂得欣賞落花，一場繽紛的饗宴，讓生命像萬花筒一般展顏。那一秒一瞬間，那幾乎看不到碰不著的改變，是一場場私人舞會裡的芭蕾。

客廳內大把大束的花朵，鮮豔的紅玫瑰，香檳玫瑰，鬱金香，桔梗，滿天星，紫羅蘭，繡球花。

生命必須是一個過程。

即便有那每一個階段消逝的落寞，然而有對於過往的再會，才能前進至下一個階段，即便終點終究是消逝。

畫像

　　在電子數位的年代，人們忘素描畫手作畫像是一件多麼性感的事。畫家的眼看著被畫的人，隨著緩慢的時間流動，刻入眼裡心裡，腦裡，畫布上。還有比這樣一個過程，更容易一見鐘情與刻骨銘心？

　　後來，他再也不拿畫筆畫人了。

　　他以前總喜歡，看著坐在下午的咖啡廳，靠窗位置他的側臉，提著鉛筆，炭筆，讓筆尖，輕輕地在白紙上，墊著腳尖走步，寫詩，快跑，旋轉著，舞著。
　　如同他的眼神，勾勒著她臉上的線條，由上游到下，像水流般，順著側著，逆著。他喜歡順著她額尖，鼻的弧度，延伸到嘴下巴，和有雙眼皮與長長眼睫毛的眼睛。
　　他喜歡用畫筆勾勒著她臉上每一條弧度，就像寫一封封的情書，就像走不完的思念。
　　那線條，是用時間換來，刻畫在心裡的方式，他用畫筆畫著她臉上的線條，一筆一畫地刻在心底。
　　不同於相機，他用眼，用心，用筆，模擬著記憶。
　　於是，他總是像吃到糖的貓一般，笑著說，那，不用拍照了，都記在心裡了。
　　記不住的，才需要照下來。
　　她偏著頭，頭髮就掉了一側。

用手指搓著糊開的碳粉，從清晨到下午，從微弱的晨曦，到正午的烈日，到下午昏黃的醉日，陰影漸層著，斑駁著，閃爍飄忽著。

每一個時刻，光影都在變換不同交錯的舞姿，漸層著的是光譜上，誰也沒有放手的情歌，綿延著，又像春日溪流的水聲。

她學畫的潦潦草草，含含糊糊。他畫她還快一點，又像極了。他說，用技巧畫和用心畫是看得出端倪的，用技巧畫，少了那麼點靈氣，用心畫，即使拙，也具有生命。

他總喜歡畫她側臉，彎彎笑笑，微微上揚的唇線，他畫著，她也笑著。

後來，很長的一段時間，他都只畫靜物，裝滿了水的杯子，很難再加水，他讓線條走著，遊動著，飛翔著，甚至偶爾畫點粉彩，水彩，畫靜物。

平靜，卻少了那些許，歡樂。就如同她畫著貓咪，畫著貓咪，她也會笑著。

他的畫不是畫，是記憶。所以他總是需要，那一個人。在他身邊。在他的身邊，他開心的，不是畫畫本身，而是用緩慢的方式，記憶著他愛的。

後來，他只畫靜物。他無法憑空想像地畫著她和她的貓，因為畫畫本身已無意義了。他也無法憑空想像再畫人，因為他不想用如此深刻的方式記憶著人。

然而他的靜物越畫越好，他們說他筆鋒越來越快越來越準，越來越細膩。

風景，建築，花朵，水果，所有沒有生命的靜物。他甚至為它們加上了顏色，靜物也活靈活現的。

他們說他有一雙魔術師的手，讓沒有生命的事物變得活了起來，總藏著什麼點情感和故事般的。

　　然而他再也沒畫過人像了，彷彿，剩下的，都畫不出靈魂般了。剩下的，都如複製品般了。

阿公的相機

眞正的死亡是被遺忘。
有懷念即永生。

親人不見了，爲何愛卻還是會隨著時間增加？那是因爲，遇到了一個，改變你想法，世界，甚至整個人的人。自此之後，你帶著那個人的眼光，看著世界，感覺著世界，活在世界裡。於是，不管那個人存不存在，愛只會加深，思念只會加深。

弟弟在暑假整理像機櫃的時候，看到了阿公給她的最後一臺相機。

那是某個回臺灣度假的暑假，阿公從房裡拿出一臺單眼交給她。一時沒想很多，只以爲像以往以樣，阿公總是會給自己新相機。開開心心的看了一會兒，像往常一般鬧著外公耍賴說不會用，要外公教。

阿公拿起來看了一會兒，淡淡的說，阿公老了，記不得怎麼用，不能再教妳了，去問弟弟吧。

一陣錯愕後，突然想起阿公那些年患了老年健忘症，他的挫折和無奈藏在淡淡的語氣和低著的眼底。那是阿公給她最後一臺相機，也是她好多年，換來換去，卻始終留在身邊的一臺。那一刻，眼眶淚在轉，卻藉著對阿公發小脾氣遮掩。

從小學開始，阿公總說她有一雙好眼，生來是註定看到世界美麗的東西。阿公帶著她，祖孫總是一人一臺相機，腳架，到各處去旅遊拍照。淡水湖邊的夕陽，野鳥。

你需要耐心等待著各種光影變換，潮起潮去，和野鳥飛行的各種姿態。需要學習的不只是拍照的攝影技巧，而是學會怎麼在每個不同的當下，從不同的角度，色彩，取景裡捕捉美。那所謂的靜物裡的情感。

阿公也喜歡植物園的蓮花，傳統紅毛城街道巷弄間電線杆上的小麻雀。生活中的美與旅遊的點點滴滴，阿公都盡心地捕捉著。

那是一個還需要洗底片的年代，祖孫卻樂於玩著各種連拍，甚至洗出黑白照片。幾乎世界上所有的人事物，在仔細觀察和耐心等待的鏡頭裡，都可以找到不同美的姿態身影。

就好像阿公的心一般，是細膩的，善良的，美的。他仔細觀察著各種事務，花朵，蝴蝶，鳥類，遠遠地，靜靜地守護另一種生命一般。

越長大之後，才慢慢了解，慢慢懂，原來她沒有天生生得一雙好眼，好眼是給阿公訓練出來的。

阿公說，人生像海洋浪，總有高低起伏的浪花，都會過去，人總是要看到美好的，總是要樂觀的。

因為學會專注在發現人事物的美，那一種或許只有你才覺得的獨特之美，所以開心可以很多，可以在很小細微之處，因為很容易看見美好的，所以人總是樂觀的。

阿公的眼睛，像一潭湖水，深深地，溫柔的，真摯的。

阿公走後，她往往回想起來，才發現，大多數時候，是阿公注意著她的一舉一動，她的目光總是關注和探索在新事物上。阿公走後，才漸漸明白，所有探險家的精神，總是因爲知道有外公在，怎麼都會好好的。阿公像天一樣是唯一無畏的理由：

而後，你如遠方，
一座屹立在家鄉的燈塔。
教會了我航行，給予祝福，
等待，卻未給我歸期。

旅程太長，
我卻忘了，
塔的燈，
也有一日，
會滅。

我害怕回頭，
怕再也找不到，
那座等待的塔。

回程的理由，
在時間的大海裡，
湮滅。

只依稀記得，
你説，路要往前行。

我順著，
前方記憶的印象裡，
你的笑眼，

努力延續著，
你對世界的愛。

第四章 神話

　　人們熱愛童話故事，因爲它有現實生活無法實現的魔法。

　　人們喜愛重寫童話故事，因爲即使童話也不一定有美好的結局。

　　人們都愛美好的結局，因爲它塡補了所有生命裡總有那一兩樣不足的遺憾。

珍珠眼淚

　　把眼淚像珍珠一般放到玻璃瓶子裡，安靜地那一種。
然後秒針疊著分針疊著時針，擁抱著旋轉在地球儀上，踏
著拍子跳著凌亂的舞。

　　她看著滿溢出瓶子的珍珠，開始把珍珠串成項鍊，做
為禮物。

　　她開始蒐集眼淚。
　　像在日落傍晚海水邊把貝殼放進袋子裡的女孩。
　　把眼淚像珍珠一般放到玻璃瓶子裡，安靜地那一種。

　　然後秒針疊著分針疊著時針，擁抱著旋轉在地球儀
上，踏著拍子跳著凌亂的舞。

　　人魚公主無意救了船擱淺落入水中的王子。拿著嗓子
和海裡的女巫換了一雙腿，並約定在下個月圓之月，讓王
子愛上她，不然就變成泡沫。

　　在月圓之夜，悄悄走上岸。王子在沙灘上散步時，遇
到了一個連走路都不穩的女孩。

　　她搖著頭表示不會跳舞。他卻伸出了手，帶著她走入
舞池，參加了一從中世紀跳到十九世紀的舞會，走過每一
個世紀的舞。

她索性脫了鞋，赤著腳，踮著腳踩在他的腳上，他緩慢地走動著舞步。

　　她開始蒐集眼淚，時針，分針，秒針。

　　年月日，人們說，緣分，總要誰讓誰欠著，才會繼續走得下去。

　　王子以為鄰國的公主是救起他的人，於是舉行了婚禮。人魚公主的姐妹拿了長髮與女巫交一把匕首，只要在月圓之時，刺入王子的心，便可換回魚尾。

　　她看著船上的婚禮煙火，在月圓之際拿著匕首走入王子的房間。給了他一個吻，而後離去。

　　她蒐集著眼淚，放在用時間堆積起相識的玻璃瓶，當作婚禮的禮物，讓故事終於可以結束了。

　　她想：離去從來不會是問題。最難的是你得離去。然後她多想就那樣一輩子，踩在他的腳上，踏著他的步伐，在音樂裡。然而她卻選擇在月圓之夜回到海底，在太陽升起之時，幻成泡沫。

按摩師

只要不是在原生國，就是外勞。

只要有一點不一樣，就屬於特殊，弱勢族群。

只是所謂的原生國，與所謂的外勞在國際化與跨界跨領土生長與成長下，疆域漸漸模糊。

原生也可以感覺陌生，移民國也可以變成原生國。

她飄洋過海。失語失聽，越南籍。亦或該重新倒帶重組先後次序，越南籍，失語失聽。

名詞在她身上亦如落日後跟著消散的雲彩，她讀著人的唇的弧度，解碼，在各種光的色調裡。

略黑的肌膚，挽起的髮，磊落的身段。

她的手，一如海浪，在海底山脊上緩慢地遊移，觸摸的語言。她趴在鋪滿米白色床單的床上，一如秋夜的棉絮，春日的櫻花，聆聽著。然而，那卻不是戀人的絮語。那手指與背脊，互接觸，掙扎熟練的力道，一如一道道機械式的程式，單調的旋律，由一隻手背一到另一端，由頸處滑落到腰椎。

她，處理著，她。一如那日復一日，一具又一具出現在米白色床單上的軀體。

她感覺自己一如一塊餐桌上正被處理的白肉，塗上油，揉捏著，又一如柔軟的麻糬，被推擠著，按壓著。

她閉著眼，想著自己身為一塊肉的意義。她那無情感

及冰冷的語調，和漸漸溫熱起的軀體形成強烈的對比反差。一輪輪的旋律，在空氣中糾結著，在心裡翻滾著，她感覺著她的心情，那長途的飛行，遙遠的家鄉，貧困的鄉村，無法言喻的異鄉心境。

是哀愁，是困境，是埋怨，是身不由己，那一波波沉默無語的抗拒力道，無法懈怠與倦怠的手勁。

那不是夏夜戀人的絮語，不是玫瑰與香檳。一點點愁困的紅酒，在想醉而卻又異常清醒的深夜。

她全身的細胞都在仔細聆聽她那雙手上無言的吶喊。透過力道，觸感，手與油滑過的軌跡音階。

那所謂的專業，隱藏不住毫無感覺。然而那毫無感覺卻又溫熱起她的軀體，與感覺。

她裸露的背，在冷空氣與水蒸汽間生出點點火花，一如在日本透天溫泉中的大石子池裡悶生的熱能，不是慾望，不是昏醉，不是慵懶。

在舒適，欲醒欲睡間，
她聞到很淡很淡的愁。

老闆說，她是有拿證照的按摩師，店裡最好的按摩師。

她起身，沐浴，喝著進口的英國茶，裹著一條白布，身子泛著透紅的光澤，在微微的燈光裡。

她與老闆閒聊著，一句又一句的搭著。她站在水珠串簾前，雙手合握，注視著。她好奇，她讀著什麼來著，想著什麼來著，那始終是一團迷的思緒，不想被挖掘，不曾也不會被挖掘。

她的思緒一如那一封封石沉大海的家書。她望著她的凝望，稱讚著她。她嘴角浮出一抹微笑，而後又縮回那一慣的肅穆，整個人緊繃著。

　　她想像著她終日關在一間店裡，做著同樣重複的工作，一雙手在不同的軀體上遊移，是否她曾經摸出個什麼差異。

　　如果眼神可以敘事，手勁可以譜詩。唇形可以，不，那唇，發出的聲音，不是戀人的絮語。

　　那是一句句含糊不清，粗糙的音符，如礫岩般令人頭皮發麻的聲音。

　　然而所有感官浮動與升起，在她腦子裡發酵著，醉著，一如酒不醉人人自醉的酒一般。她想像著。

　　她的心境卻一如不透明的玻璃屋，還是除此之外的一些什麼。抑或只是純粹的不斷重複卻毫無意義一種打發時間與謀取生存的過程。

尋寶日誌

她踏著小提琴音符，
影子的步子，
悄悄地在樹影間，
繞著蜿蜒的自己。

收起刺蝟的羽翼，
偶爾又因為一陣突然的風，
驚嚇地張起所有的刺。

從森林的宇宙黑洞，
循著月光，和月光的歌聲，
走在時空的迷宮裡，
試圖尋找一個記憶裡的背影，
宛如一片汪洋中的一片浮木。

那幅尋寶圖，
一張模糊的獸皮，
刻印著象牙般的圖形，
如場瘟疫開始在腦子蔓延。

在甦醒與沉睡間，
掙扎的文字，

慢慢侵蝕掉了思念的腦細胞，
於是，最終，
你的名字，
成為某個，
未曾經過的陌生城市。

城市又像一棵樹，
自己生長出句子，段落，
延伸著枝幹攀爬向失焦的月亮，
變成細細的藤蔓，
攀附在淡藍與深灰的夜空。

在模糊的星光裡，
轉變成一篇，
得在天亮前出現結尾的故事。

樹上的葉與黃沙，
早在思緒的狂風下，
如龍捲風般糾纏在一起，
旋轉著跳舞。

誰在乎那所有散落的詩篇，
誰又在意詩集是否擺置在對的時空位置。

在好不容易讓世界沉靜下來，
她走入故事裡的花園，
卻在漸漸走入之後明白，

終有一天得再離開。

花了大半輩子的心思，
跳入一個角色，流光海水的淚，
該笑的，該愛的，都如劇本走過了一次，
然後認真地翻閱，
一盒盒藏寶箱裡的象形註釋。

風的聲音，月亮的聲音，貓頭鷹的聲音，
松鼠，老鷹，烏鴉。
還有一隻坐在樹下，
沒有聲音的黑貓的聲音。

仿若奮力潛入水中，
死亡過一次，
而後再奮力浮出水面。

而後得在不同的，
水壓與空氣間轉換調適，
偶爾說服自己，
基因裡沒有沉靜這一回事。

因為已經熟悉變動，
然而她又想著自己是一棵樹，
可以有原來紮實的根也好，
永遠不用移動。

抑或那像藍天攀升的細枝，
終究可以勾在畫布上月下的一小角。

然而那缺氧的感覺，
不是一時抽得掉。

她在森裡呼吸著，
呼吸不到森林外的空氣，
森林彷彿是一個小黑洞外的大黑洞，
她尋找不到那一個背影。

被樹影重重模糊掉了一片，
煎熬的太陽烤焦了的，
變成地上的棕黑色泥土，
在風裡，背影漸漸模糊。

一片林子中，月牙下，
始終，分不清。

意識裡的聚焦，
卻也輕易地在入寒的濕冷空氣下，
像被雨淋濕的裙，
彆扭慌張地貼著赤裸的足。

勾不好的文字，
在大風下釘子般地，
如雨落下，

扎著身子，
痛。

於是她開始針織，
一針一線的把思緒混著不同顏色的毛線，
繡上一幅一幅風景。

末了的時候，卻發現大部分月曆上的圖案，
是一張眼角掛著淚，
嘴角卻要努力向上彎的臉。

不斷的唱著催眠曲，
暴風雨會過去，
天就將要放晴。

然而仍如疲累的一隻困獸，
在森林裡迷失，循著地圖，找著那一個背影，
在一次次撲空後，仍得抬頭看看還存在的月。

還存在的月，還未證實或許也只是水底的倒影，
只因為還未攜得到那一月。

後來她讓思緒領著自己，
像著魔一般地化成了故事中的主角，
只是這次是否能在黎明前走完敘事線，
該笑的笑了，該掉的淚掉了，

再從水裡探出頭來，
能不能找到不一樣的答案。

女孩　貓

愛情裡，不過是你願意被誰馴養與馴養誰而已。

　　在進入冬季的某一天，暗暗地巷子，在午夜裡，街燈很朦朧，從某片牆壁與牆壁的中間，慢慢地出現一條細細長長的黑影子。

　　一隻藍色眼睛，有著長長睫毛和雙眼皮灰色的波斯貓，走到女孩的身邊，尾巴直直地，繞著女孩轉，用頭磨蹭著女孩露在白色裙子外冰冰的腳。

　　從那一天開始，女孩每晚在回家前，經過那一條窄巷，都會遇見那一隻藍色眼睛的貓。

　　牠總是靜靜地，即使女孩喵喵地叫著牠。

　　後來女孩開始在傍晚的時候，帶著貓咪飼料，在經過那一段路時，已經忘記了哭的原因。她總是開心的在固定的時間，經過那一條固定的路，然後給那一隻貓咪等著。

　　她總會蹲著，拿出身上的飼料，然後靜靜地跟貓咪說話。

　　「Tu peux venir quand tu veux.」然而，她總是知道，貓咪會準時出現，就好像那每一天每一天，守著，從她遇見貓咪後，每天都有很開心的笑容。

　　那過了好幾年的冬季，女孩在很遙遠的國家，在下雪的夜晚，等著最後一班公車，抱著很沉重的一堆書，一邊想著很久很久前的眼淚，和那一隻貓。

在同樣的巷子裡，貓咪還是每天經過那一條巷子，女孩的家人總會固定去餵牠。

然而貓咪總會在垃圾堆裡撿到的地圖上，尋找著女孩跟牠說過的那一個國家，那一個州，那一個小城。

用小貓咪的手掌，衡量著自己與女孩的距離。啊，隔著一些路地，隔著一點藍色的水，其實也不過幾個小貓掌的距離罷了。

女孩總是會寄明信片給她的貓，總是會寄她畫著她與貓咪一起的圖給她的貓，總是會寄她所看到的美麗的風景給她的貓。

那每一晚，每一晚的思念，並不會因為時間和空間而減少那麼一點點。

女孩跟貓咪說：呐，不給你名字喔，你可以叫小灰，可是你看起來比小灰帥，你可以叫雷馬克，看是那個名字太帥了，如果給你取了，被別人抱走怎麼辦。

那，這樣好了，你就叫貓，等到哪一天，我們可以每天見面，永遠不會分開的時候，我再給你取個帥名字好了。

貓，喵嗚一聲地點頭，伸著脖子瞇著眼，給女孩摸著。

貓咪心裡想，好啊好啊。

女孩也不曉得那天是什麼時候，然而她總是希望那一天可以帶貓去法國的羅浮宮前，一起坐著吃霜淇淋，女孩摸著貓的頭說，那你乖乖的，你想來找我的時候，就可以來。

貓咪抬著頭看女孩。

貓咪心裡想，我已經走進妳的心裡了喔。

女孩心裡想，你已經走進我的心裡了喔，所以只要你想，隨時都可以走進我的夢裡喔。

貓咪傻笑著女孩的傻笑，女孩笑著貓咪的傻笑。

說著不同國的語言，卻仍究溝通著。

貓咪每天都看著地圖想著女孩，女孩每天都看著貓咪的照片想念著貓。

我們總在固定的時間固定的地點相遇，然後，後來即使在不同的時空和地點，同樣的情境總會不斷地重現，我們又一次次再度地相遇。

貓咪總在尋找那一個熟悉的眼神，流光眼淚的最後一秒，和淡淡的微笑，女孩總在尋找那長長睫毛的雙眼皮藍眼睛，那銀灰色的毛茸茸，和粉紅色的三角型鼻子。

他們都相信著，在同樣的月光下，總有一天，彼此的月光會重疊，不再分離。

夜曲

所有夜深人靜的盡頭，總有一首重複播放的歌曲和一個無法忘懷的人。

你聽過月亮唱歌嗎？

快到冬天的晚上，如果一個人在公車站旁，路燈搖搖曳曳，跳著慢舞，淡淡的雲，隨風像魚一般在深藍色的天空裡游過。

來往的車子閃著不同的燈，不同的節拍閃爍在黑黝黝的馬路上。風很大，面對著風，沁沁涼涼，這就是快接近冬天了嗎？

那天人錯過一場早雪，只聽說那天有下一場雪，像很遙遠傳說中的故事，不知道什麼時候開始，不知道什麼時候結束。

從來沒有緣分看見的的一場雪，或許就在無意中，擦身而過。然而溫度卻漸漸降下來了，這是真真實實感覺到的。

滿地的落葉，秋天的橘紅，灑落得差不多。像從天上掉下來的星子，因為某種原因，奮不顧身。

一陣風總是吹起滿地的落葉，那種感覺，很容易又記起來。就連房門口也堆得高高的落葉，溢滿到屋內。

怎麼會有凌亂得這麼美的可能？但是世界不就充滿可

能嗎？

　　月亮會唱歌？月光哼著呢，是同一個嗎？

　　春天那一個，夏天那一個，秋天那一個，冬天那一個？你相不相信，世界上除了雪花有方程式以外，有很多東西是說不清的。

　　月光和月亮，是同一個麼？比如這類的問題。或是昨天那個穿著白色裙子坐在公車站旁吃霜淇淋的女孩是今天穿著藍色套頭毛衣在晚上等公車然後抬頭找月亮的同一個嗎？

　　這類的問題，你永遠不知道答案。

　　或許某天月亮會唱歌了，或許某天月光啞掉了，或是拒絕唱歌了。

　　但是你會永遠記得今天晚上哼著小夜曲的夜光，像掉落了滿地的星星，打在黑漆漆的路上。

　　還有那一片片的楓葉，心的形狀。或許我們都該記得些什麼，或許每刻的月亮都不一樣，但是我們都得記得某一個特別時刻的月亮。

　　就好像拼圖一樣，人生的每一刻，過去拼湊著，現在拼湊著，我們總是在尋找那缺的一角，在未來的某個時刻。

　　即使秋天的月和冬天的不一樣，但是月光唱的歌是聽到的了，雖然很低很低，低到像在耳畔呢喃，但卻比所有白天的聲音都清晰。

　　因為是晚上七點，天漆漆黑黑的，無法分心，就只看得到月光的聲音，在畫布上蹦蹦跳跳。

月亮想念著什麼吧。或許這個月亮的另外一頭，有以前小時候下課回家，媽媽從麵包店買回來熱熱的菠蘿麵包。

　　或許月亮的另外一頭，上完鋼琴課的女孩知道爸爸的車在外邊等著。

　　或許月亮的另一頭，有一隻貓咪，側著頭，在傍晚坐在玻璃窗的旁邊，靜靜地看著窗外，或許，只是或許，牠有一點想念主人，又或許，牠也在等待吧。

舞伴

最好的舞伴，是在一首舞曲中，能感到安心與自在地與對方跳到曲終的人。

她從來就不是一個好舞伴，總是只能走基本步，老是踩到對方的腳。不喜歡跟不上，不喜歡被落在後頭，更不喜歡像一個傀儡般地被領著舞。

她喜歡跳單人舞。自己走著自己的步伐。

雙人舞的步伐她總是走得倉促與凌亂，更不習慣被陌生的人領著走。於是她一直跳著單人舞。

他說她是一個很好的跟隨者。某一晚，她有了很多人傳說中，跳舞是一種飛翔的感覺。

她在音樂裡，感覺到他的牽引，卻感覺不到他的力道，在擦肩旋轉時，感覺到他的香水與溫度，卻感覺不到香水的味道。

她喜歡那一種很遙遠的距離感與空間，然而他卻在若有似無間，讓她自由地舞著，旋轉著，她在他的世界裡發現然後走出自己的舞步，她感覺在飛翔著。

他的步伐沒有步伐，卻引出她的步伐，她自然地開始跳了，走了，旋轉了，在每一個降落的瞬間，他都在背後接著好好的。

然後原來舞伴也有契合這一回事。

她偏著頭想，這不是舞蹈老師的熟稔，她搜尋著答案，關於是什麼東西讓兩個初學的人有契合的默契。

他說他剛從巴黎留學一年回來，學著鋼琴演奏。她說她演舞臺劇。

他說，妳眼睛說著話，難怪妳有雙會笑的眼睛。

她想，難怪，他抓得出他們共同的節奏，他等著她跟上，他趕上她，他感覺她的方向，引著他們共同的方向。她說我不是一個跳舞的人，他說你天生是一個很棒的跟隨者。

她開始感覺他的動向，那比平時費力的敏感度，在音樂音符間穿梭，在下一個節奏出現之前捕捉對方每一個動態，她感覺像在擊雙人西洋劍，又如同共同地飛翔，在彼此雙眼看到共同未來的方向。

自然流露的信任感，在即興的舞蹈裡，對舞著，像互相發送俄羅斯密碼，解碼，像鋼琴小提琴雙重奏，像對句對聯。

他一首首歌曲守在她身邊，他一首首帶著她旋轉著，拉著膠著的力道，前進後退都在他們的世界裡。

她低著頭，他低著頭，看著她低著的頭，在不經意地眼神交錯間。他不斷地帶著她在舞池裡旋轉。他在快舞慢舞間，守候著。那沒有距離的距離，比實際的距離更令人心慌。

音樂放著 Changing partner ～

她說累了，賴著椅子再也不起身。

他換了一兩個舞伴，機械式地走著步伐。

他說也累了，不想換舞伴了。

他說她任性地拒絕最好的舞伴，他們走出的步伐是那麼地自然。

　　像半個圓終於遇到另外半個圓了。

　　她拖下高跟鞋，赤著腳，重新踏在木製地板上。

　　他伸出手，牽著她，握著，從此再也沒放過了。一整晚。她在音樂裡飛翔了一整晚。

第五章　敘事

面具

如果人生是一個旅程，我們扮演了多少角色？最真實的你又在哪一張面具下面？

在愛琴海渡輪上的一場化妝舞會，人們戴上了不同的面具。在月光下，酒影中，燭光搖曳間，不同的角度下，即使是同一張面具，也彷彿活了起來，有不同的真面目。在真真假假間，在似夢似幻間。它們全都是同一張臉，卻都是不同張面具。

舞會上的每個人，在看到同一張面具時，卻也看到不同的真實。就連在欄杆外的海水面上，那一張臉，也隨時在波面上變動。

就連在鏡子裡，那張臉也依然陌生。你認不出哪一個，才是真實的你。

然後，隨著夜深，隨著燭火漸暗，小提琴的演奏轉緩，臉上的面具，變成了你。又或許是你在挑面具的時候，就是挑著自己，某個躲在簾幕後，想要隱藏起來。

又或許你挑的是一直想要成為的自己，那永遠與現實有段差距的臉又或許，沒有所謂真的你，或是假的你，它們都是你，也都不是你。

在那一場失焦的化妝舞會中，你只看到很多固定的一張臉，各式各樣，色彩繽紛，甚至顏色都在水光上跳躍。

微笑的面具，後面可能有張濕了滿面的臉，沾著一滴淚的，又或許有些帶點瞭解然後淡淡的微笑，色彩繽紛的臉譜背後可能有一張蒼白的臉，鬼魅式色彩的面具，後頭可能有陽光明媚的嘴角弧度。

　　然而面具可以換，背後的表情也隨時在變。舞會的主題，隨著時間，變換著。

　　就好像戰場上，你會畫起張牙舞爪的臉譜，到了十六世紀的宮廷，卻又是那麼的浮華，到了輓歌，卻又如此淒涼。

　　在寫實主義中，那實實在在，在泥土上滴落的汗和彎腰的軀體卻也如稻穗般謙卑。

　　對著孩子，你拿掉悲愁，對著愛的情人，你藏起來困擾，對著不愛的人，卻又若無所謂。

　　在色彩繽紛的臉譜後，你怎麼才看得出所謂的美麗與憂傷？

　　人們如何在變動的時間空間，和變化的自己中，想要在黑夜中某個方向認出對方即使只是面譜的所有角度，顏色，與弧度。

　　星光下，我知道自己永遠站在渡船上的西方，我們的距離如此的近卻又如此的遙遠。在天涯咫尺間，舞池中的人旋轉著，在星光與月光交錯下，竟也分不清誰是誰。

　　端看那服飾，面譜。唯一以沉默方式說著實話的，唯一閃躲的掉杯光燭影的，是藏在面譜後，那一雙眼，眼神，眼光，那一雙永遠都藏不住靈魂祕密的鑰。

　　人們依著不同的晚會音樂，主題，跳著不同的舞姿，戴上不同的面具，讓世界，讓自己，變得比較容易。

慢慢地，隨著夜深，你再也認不清哪一個是眞的你。又或許都是，都不是。

然後慢慢地，一切也不再重要，你並不想看出同一張面具的各個角度，也不一定看的到每一雙臉譜後的臉。

因爲，這只是一個晚上的水上舞會。魔法在太陽從海面上升起時，就會消失，當人回到自己原有來的地方，在終於很累長眠時，那靜止與無聲，都是一樣的。

所以，一切，並不怎麼重要，這只是一場短暫的化裝舞會。

時間到了，魔法也會跟著消失，一如故事總有結尾，以喜劇，悲劇，荒謬劇，不同的方式，但終會作結。

閱讀

閱讀其實是一種與世隔絕修煉與尋找持續不斷改變自己的過程。

愛上閱讀，或許只是因為一個簡單的畫面。

尋找熟悉的字，變成一種遊戲。

閱讀是一個過程，像拿著藏寶圖，尋找天大的祕密一般的遊戲。

然後又變成一個習慣，一個讓心可以立刻變成很寧靜的方法，一種憋住呼吸暫時沉到水裡的感覺。

很多時候，你已經活在書裡，有半天的時間，你會和書對話，不論地點是湖邊的樹底下，校園旁的咖啡廳，有英國城堡味道的圖書館，還是就只是家裡客廳的沙發上。

你看著世界和世界上的人，不需要認識很多，看那一兩眼，聽那一兩句，某一個熟悉的角色就已經浮現，世界對你來說，沒有接觸過很多，然而卻又不陌生。

從生活的一部分，到某一天，閱讀變成一種癮。從暫時憋氣沉入海裡，到某一天，你發現這一個動作已經成為呼吸本身。

你渴望遇見那最深沉的海底，於是你不斷地嘗試，探測，每每奮力地往下游，陽光和空氣已經是另一個世界的事。

你渴望見到更多種類的珊瑚礁，海草，海生物，貝殼，你喜歡海底裡魚兒吐出的空氣泡沫，陽光打在水裡的折射，月光和星光掉入水裡，淡淡地閃爍著。

　　閱讀，曾幾何時，變成一種奮不顧身的勇氣，像十六世紀情人私奔的場景。

　　逼不得已，你得浮出水面，吸一口氣，然而一次一次，你只想再游向海底更深處。

　　只是越游，你越發現自己的渺小，另一個未知世界的壯闊，於是人變得謙卑了。

　　你開始學會不需捉住全部的未知，卻持續渴求與捕捉。

　　你開始承認於眼所見並非完全，於耳所聽並未全面。渴望就如同酒精一般。

　　於是你終於明白那幾百年前浮士德願與魔鬼交換靈魂的原由。

　　那某一種心靈永無止境的喜悅與追求。不需要具備太多的好奇，你只稍稍需要總是多想看那麼一點，多想聽那麼一點的感覺。你翻閱著書籍，總是會在有那麼多的索引，一個連著一個線索，像一個萬花筒，在你面前一層一層展開。

　　對於那過去，對於那未來，書本上早已寫好了所有的版本。

　　閱讀，讀的不是文字，閱讀是一個沉靜下來聽自己心的聲音的過程，一個對知識的渴望追求，然而更多的是人與思想對話的過程。

　　簡單的道理變換成千百萬種之後，一種劇本，套上不同角色與戲服後，你是否還認得那最初的我？

遇見說書人

　　一如一千零一夜，和公主徹夜未眠，說書人的故事就如源源不絕的湧泉。在身邊的即使是路人，一不小心也入了鏡。

　　隔了很多個日子之後，洗出的底片上，有個正在等待電梯的人的側影，手上捧著一大束白色的水仙百合讓人在很遠的地方就可以聞到花香，然而卻又不敢接近。

　　寫在紙條上的韓文，不願意解釋，卻要人留著。那晚，等待的人錯過了。在到家門前，發現一束未具名的百合。照片上的側影，正低著頭，靦腆的微笑，然而卻在模糊了的眼底，有著離去時的落寞。

　　說故事的人和作家是從兩個不同星球上來的外星人，各自挾帶著不同的背景故事。

　　說書人傳承著口語相傳的傳統，分享別人的經驗，自己的經驗，傳遞經驗給別人。

　　他說著遺失很久的童話故事，喚起人類自幼心裡最終的渴望和思慕。一種對魔法的期盼。

　　說書人和聽故事的人，建立起一種相依相偎的，親暱的情感。互相依賴的情節，故事出在人身上，說在人身上，聽在人身上，形成一種聽故事體系的人做著同一場夢。

在說書世界裡，故事，是像水一般流動的版本，隨著聽者的互動，觀眾的轉變。

說書人的心情，每一次，總會多加了那麼一小段，漏了那麼一小段。故事是活的，互動的，轉換變化的，無限延伸的。

它只是故事，然而它卻永遠不會停止被流傳著，只要人們還對主題或是主角有興趣。

說故事的男人，總帶著一點稚氣，和幻想，想在他的聲音裡，保存一些什麼，淡淡的，人心底最柔軟的角落，他是一個魔法師，點石成金。小說和作家的世界是另一個星球的版本。

小說仰賴印刷的出版存活延伸，作家不仰賴與人的溝通，透過獨自的沉思，孤立自己，冷靜地觀察人類的生活，沉溺在用各種寫作方式呈現人類的生活。

作家和說書人不同。說書人，可以千變百變，幾萬年之後，消失了，魔法師，一個換一個，每個說書人的版本都添加了一些什麼。

作家，卻不同了，一個故事，貼上了一個標籤，所有的史學家都得去鑽研最原始的手稿，字跡。印刷品永遠不如真跡。

說書人做著群體的溝通，作家和讀者在被人群孤離的世界裡分享同一個世界，沉默地跨過百年千年甚至萬年的時空，做某種對話，溝通，談一場很奇怪的戀愛。

有多少時刻，你可以面對面看見說書人，又有多少比例，你可以面對面遇見某本書的作家？

然而說書藝術，始終得靠文字被傳承下來，人類總需要一些什麼來刻劃歷史的足跡，不論那足跡是以音樂的方

式，文字的方式，香味的方式，色彩的方式，我們總得用某種方式，存留下那足跡的。總得用某種方式，留下些什麼足跡。

那晚，我們不曾碰面。

你錯過失落的表情，
無法捕捉，
心裡的想念。

煙霧裡的女人〔Painting by Pippo Rizzo〕

Are you watching me? Do you think that I ever care?
Or，why do you think that I care.

那眯成一線的貓眼，長長的睫毛像一簾神祕的面紗，覆蓋住的是不在乎。隨著正常頻率的呼吸吐氣，她面無表情的看著眼前的煙霧，周遭的轉變卻毫不在乎。

她專注著自己的舉動，白色的煙霧，在身邊由濃霧漸漸緩緩上升。

隨著風，白蛇一般的形狀纏著在霧裡的人，盤旋的舞動著。那一圈圈如龍捲風般的物體，順著風，轉淡。

如一條從中古世紀塔樓頂端，斷然飄落的白色絲巾。順著風，以葉子般的速度，飄入護城河面。

喚醒周遭，還在做夢的人。

然而，女人的眼神，卻是堅定的。

紅色的唇膏，劃著想要的圈圈的形式，反覆著，重複著，堅持著，所想要的形狀。就只要那特定形狀，那專注的唇，一口氣一口氣地劃出。

畫家，攝影師，藝術家，雕刻家，甚至作家，有沒有本事捕捉住，那一圈圈的夢想，對她來說一點都不重要。

藍色的眼影，是天空的倒影，沉的又如同秋季的湖水。

她適得其所地融在背景裡，卻又那麼的突兀，以另一種警覺地自我意識存在著，那一層層白霧是與周遭刻意的隔緣體。

　　畫家努力地拼著，卻不自知那拼湊出的是自己的頭像。

　　你如何捕捉在霧裡女人的剎那？於是格子狀，長條狀，弧形，方形，就連色彩也開始被滑稽地拼貼著。強制性地在固定的畫布上，想困住一抹雲，定住一片風景，想把在時間空間裡不斷變換流動的意象與畫面，用方程式寫出一條叫法則的定律與真理。

　　歸納那無法被歸納的意義。

　　那髮髻旁的陰影，形成一條嘲諷式的微笑。她沉醉在自我嘲諷的喜悅中，那在畫家看來一直線的視野裡，藏匿著更多不願意說出的形狀。

　　拼湊吧。那一幅她所嚮往的拼圖，像一個謎語一般，在無盡的空間迴盪著，一如那希臘神話裡人面獅身的怪獸，一個人，只有一次機會。

　　所謂的未來，並不藏匿在生命的速度裡，一個人如何介入未來，如果那個未來已經成為過去。

　　捕捉速度就如同捕捉火光，月光，捕捉本身就成為一個證明自己失敗的證據，每一筆刻劃下的動作，即已成為過去。

　　然而，哲學家還是渴望那星空下很單純的小調，不被賦予任何意識形態的動作，一個簡單吐著白色煙霧的動作，那一幅藏在霧裡的大拼圖。

　　或許，她還是在意一些什麼的，又或許，她好奇多於在意與不在意，那一抹抹旋轉的雲朵早已超脫那在意與不

在意的問題與層次。

　　好奇著藝術家是否能完整地落實出那一幅雲霧後的拼圖。完整地，沒有點，線，面的區隔。沒有方塊與圓形的矛盾，沒有色彩的對比，畫面的構圖。在拿掉一切法則後，還能完整地呈現出一個單純的夢想。

敘事：記憶的持續性

說故事的敘事，總要有時間空間性當背景，為了讓故事走下去，需要加一點因果關係。

一個好的故事，不是一顆固定的北極星，也不是一顆流星，而是一場流星雨。

故事雖然是流動的，像一條河一般，流入海裡，蒸發成水蒸氣，形成雲朵，在化作水滴，回歸到土壤裡。

然而，好的故事，最終，該像一幅畫，靜止在時間空間相互交錯的軸上，點與點銜接的縫隙，是讓不同時代讀者填入想像的區域。

西班牙超現實主義畫家達利 *The Persistence of Memory* 本身就是一幅敘事學的理論。

時間在觀畫者的現實和觀念中是流動的，在畫裡卻是同時靜止與流動，固體不再凝固，然而該走的秒針卻靜止了。

時間的錯置，搭配在荒蕪的沙灘，沙灘卻再也不荒蕪而多了許多空間錯置的東西。一個時間停止走動的沙漠世界，卻諷刺地多了一個流動的鐘擺。

那山和海成為一個問號，你不知道是真的，還是海市蜃樓，是現實還是非意識。

鐘擺的人造金屬邊和枯樹枝的顏色模擬兩可，各種邊界的定義不斷被挑戰。

模糊性，錯置性，和有違畫作敘事的持續性，平面的空間上，多了三度空間的想像，和產生了說故事的空間。

　　然而卻不斷質疑觀畫者對世界，時間空間，物體的既有定義。

　　沙漠的死寂卻荒謬地出現生命，一堆螞蟻，然而達利的螞蟻通常又代表死亡，啃蝕著某種巨大生命的殘餘。

　　在達利的用色上，除了自然世界與人造金屬的對比外，大亮暗色的空寂也暗喻著敘事文本中意識層裡被掩蓋的記憶，大量覆蓋，與藍天和金屬色作對比。

　　山不自然地呈現金黃色，暗示著畫布外的太陽，然而卻空曠地直鋪式地闡釋燈光，和所接受到的訊息。

　　時間卻靜止了，靜止了，一個個在沉默中呢喃的重複聲音。

　　你卻連在夢裡都不明白是什麼？

The Ochos

說穿了，不過是一隻小貓繞著一團毛線球跑的舞。

跳舞是一種對話，在每一個細微的前進與後退，定位與旋轉，在每一個移動與身影交錯間。

兩個陌生的人在需要前進的時候，需要的不只是默契與練習。

即使舞蹈中有主動與被動，定位是所有調整的基礎。單一個體的穩度，前進後退，力道的運用。

最美的舞，其實是一種似有若無，像一條線，拉著兩端的布偶，人隔著一段適當的距離，卻又感覺得到彼此。

搭著的手，沒有感到力道，確知道下一個方向在哪裡。

舞伴其實是一種對手，什麼樣的人可以讓你放鬆，就讓人領著走，卻又擁有自己的空間與步伐，什麼樣的人總是讓人分不清下一個方向，什麼樣的人穩住世界的重心，什麼樣的人卻又讓人感覺隨時會被甩出軌道。

當女生，在跳舞的時候其實是很輕鬆的。你坐在那等著人家邀舞，可以接受可以拒絕。跳舞的時候，多半是被引導的。

老師說，不能看著地上，看著腳。要去感覺，將要移動的方向。

阿根廷 tango 其實是一種自由發揮度很高的舞，問老師，那要多久才可以跳得像舞池裡的人一樣好。老師說，跳舞是女生的本能，每一個女生都會跳。

　　然後，你想著，刻意記住步伐的時候，反而沒有辦法真正享受音樂，會遲疑，會後退，兩個人一起跳慘過自己一個人跳。

　　或許，只有在當人，願意真的聆聽音樂，不再看著地面，當人可以用心感覺，在沒有記步伐的時候，才能真正在舞池旋轉。然後你覺得很奇怪，某些舞步就自然而然的走出來了。

焦糖瑪奇朵（Caramel Macchiato）

所有的咖啡裡的糖分，都是冬日雪地裡的暖陽。

不知道從什麼時候開始，她開始偶爾會喝咖啡。或許濃濃黑黑苦苦很慘澹的飲料多多少少可以讓灰色的天空不再那麼灰。

然而咖啡還是很苦，然而她卻又只喜歡側著頭看奶精在咖啡裡像坐著旋轉咖啡杯一樣的旋轉，畫圈，真的要自己喝了，卻總是只加牛奶。

咖啡，命中註定是要用來聞的，熱熱的香味可以讓賴床窩在被窩中的人早晨還沒睜開眼前先有了一朵微笑。

或是一顆顆的咖啡豆堆在竹製的盆子裡，像一顆顆黑珍珠，閉著眼睛時，伸著手感覺冷冷的溫度，橢圓的半球，感覺。

她第一次喝到甜的偽咖啡是在很冷很冷下雪的冬天。點了一杯不認識的飲料，抬頭問侍者說那你怎麼唸？侍者說：Caramel Macchiato 然後微笑的解釋著它代表的意思是有著像紫丁香香味一般的精緻加上和陽光一般的溫暖。

接近深夜的週五夜晚，卻哪裡來的陽光？

它的名字 Caramel 在英文裡是「焦糖」的意思，很甜很甜濃到變成燒起來又焦掉了一般，像所有的愛情都該淡淡的，不那麼非常的開心，非常的難過，淡淡的。

而 Macchiato 在義大利文裡是「印記和烙印」的意思，一個永遠的記憶，某一首詩，某一個動作，某一個轉身，某一句話。

分開來看，兩個字都孤單的很可憐，一個焦掉了，一個是烙印。然而黑糖瑪奇朵和在一起的意思卻是成爲甜蜜的印記。

像兩隻刺蝟，在學會把刺先收起來後也可以頭搭著肩的擁抱。

咖啡店櫃臺後面捲著金髮的大男孩，圍著圍裙，認真地從玻璃瓶內倒入鮮奶、加入法式香草、用銀製的湯匙灑入焦糖與咖啡。

暖暖的香，加花香，混著甜香，和一點點苦的醇香，混在一起像很多淡淡暖色的彩虹在天邊譜出幸福味道的樂章。

窗外下的圓圓白白的小雪，風還是冷呼呼的吹在臉上，她在外套外凍的手，卻都在心裡暖了起來。

不管是冬日的早晨，夜晚，深夜，熱呼呼的焦糖瑪奇朵，不像是一杯咖啡，反倒像一首情詩，在月光下閃著。Caramel Macchiato 相當於糖果世界裡的巧克力，花朵裡的紅玫瑰，轉角遇到最美麗的意外，和甜甜苦苦的思念。

旅行的意義

沿途上的風景不斷地改變著我們，即使我們更希望成為風景中永遠的一部分。

有人總以為，旅行是一種逃避，或是一種尋找的過程，一種無法停止並得不斷前進的慌張。

有人卻把旅行當作流水，有人走馬看花，有人是朝聖，有人是見證，見證圖書館裡，描述的一字一句，然後終於明白，那累積已久的感動，原來是那麼一回事。

旅行讓人從不同的方向，視野，回顧，回顧過去，回顧生命，回顧生活，讓生命拓展，讓生命發現該有的視角，該在哪裡多作停留。

喜歡旅遊的人，都該是寬心的。

因為又那麼多的天外天，海外海，在想像之外，在無限的空間中，讓人體會有限的生命，念天地之悠悠的感嘆，卻又多一分對世界與人文的體諒。

旅行，讓人真正活了起來，在細胞裡重生，望著眼前的美景，把每片風景都蒐藏在心裡，每一分美麗和感動，都是生活瑣事消磨的養分，和抗體。

沒有憂慮，沒有不快樂，只因為某一座城市裡的一首歌，某一片花園裡的櫻花香。

倒數

然後人會明白，即使是永遠，也有人與人間頻率不同的永遠。

隨著倒數，人潮與朋友推著她，直往最高的樓層跑。在人聲鼎沸中，在年與年的交界，一切都不只是一個夢，真實的幾乎就讓人要相信這就是幸福了。

然後，在即將望著煙火的時刻，

在人的心裡，是想念著誰？

走向窗外，望著此起彼落的煙火，她沉默地，只聽得到自己的心跳。她一張小臉，什麼都藏不住喜怒哀樂。

她猜想自己，一定是看起來一點點難過。

愛情，只有在倒數的時刻，人才會看清連自己都不清楚的真心。

你在等待什麼，你在期待什麼，你在想著什麼？

如果沉默了，或許是安心，或許是落寞，如果微笑了，或許是欣喜，或許是無奈。

如果有很多如果，然而某些特別的時刻，你總想要刻意留下來，刻意留著空白，給特別的人一起當回憶。

在倒數的時候，人們問著天長地久是多久。他們說，寧願說永遠。永遠比天長地久還踏實那麼一丁點。

緣分夠深的，握住的手是怎麼都鬆不開的了，緣分不夠深的，分離，不是這一次，也總會有那麼一天的。

只是在倒數的時候，人才會明白，誰才是真正能讓你開心的人。

二手書

　　原本我們都住在不同的島嶼上，然後某一天，因爲某一本同樣的書，才發現世界上很遙遠的地方，即使說著不同的語言，還是會有跟你一樣的人。

　　對書有某種偏執的熱愛。喜歡逛書店，喜歡在咖啡廳坐著看書。喜歡把每一本書用不同顏色的筆做記號畫線，每一本書都包上書套。
　　這樣奢侈的習慣，到了美國之後也消失了。
　　因爲需要閱讀的量太大，書本也不便宜，於是開始過跟著圖書館借書，還會被 recall 的日子，不然就是上網比價買二手書。
　　有些學生習慣把不用的書再賣掉，對自己來說，書本是不能賣的。書本的價值往往比可以賣掉的多很多，即使每學期得固定清掉一些不需要的書，對自己來說寧願把書送人，送給需要的或是讀得懂其中價值的人。記得以前到臺北逛商場，看到書本大特價，總覺得很淒涼。
　　你不希望某天自己的書變成大特價，也不喜歡看到書本在特賣場很可憐的一個角落哭泣，或是堆在書局的庫存裡。
　　家裡的書架不夠放，跟研究不相關的書一定得清掉。但是你總是寧願捐掉或是送同學，手上書本對你來說，是知識，是無價的。

網路上買二手書很好玩，有獨立書商，有學生，有書店庫存，二手書買回來最大的不同在於。有時候書跟新的一樣，有時候紙頁都泛黃了，有時候有折角，有時候有很多畫線。運氣好，畫的都是重要的重點，運氣不好，重點都跟你想畫的不一樣。偶爾有簽名，有提字，有做筆記。

　　從一開始只用過新書，到後來發現買二手書，你開始會希望上面有一些有的沒的。好像小祕密。只要不是髒亂，掉頁，其實充滿更多的想像。

　　從前從前某個時空的某個人寫著一句話，註解，心得。有時候會讓人會心一笑。你感覺，多了一個讀者跟你同時一起閱讀著。不再只是自己與古人的對話。

　　在自己過著買二手書的第四年，收到一本書，跟新的一樣，但是特別的不是新的，特別的是，賣家寫了一張紙條給自己。

　　書本有作家親自簽名是最有感覺得一件事。書本很特別，因爲賣家親自寫了一張紙條，謝謝自己跟他購買，希望會喜歡享受閱讀，而且對購買滿意，然後留下信箱説如果有任何書本的問題，或是感想都可以寫信問他。

　　知識是傳承的，是交流的，是延續的，累積的，是演變的，是一種物質換上不同的名字和衣服，是心裡腦子裡原有的基因被觸動的，是人與環境經驗互動，碰撞擦出的火花。知識的價值在於你吸收了多少，讓你反思多少，書本的價值，不是標價背後可以衡量的。

　　原來，好久好久以前，有人和你想著一樣的故事情節，原來你一直以爲自己很孤單地閱讀，卻發現有陌生人和你在閱讀一樣的故事，而且喜歡。

變遷

　　家鄉和異鄉隨著時間會有一個趨近值。某天你以為的
異國變成了家鄉，某天當你回到家鄉時，因為自己不知不
覺的已被改變，原來的家鄉卻也成了異鄉。

　　在家鄉，人因為熟悉周遭的環境，人事物，所以總會
有安定的感覺。然而在成長的過程中，每個人都得經歷各
種改變，而這些因素通常代表著離鄉背井去追求夢想和更
好的生活。

　　剛來美國的人，往往會有一種不安定的感覺，因為居
住的地方時常在換，不論在外租屋，租學生宿舍，剛在一
個地方好不容易安定了，可能哪天又因為一個因素，得另
外找一個地方住。

　　於是，「住的地方」和「家」並不太容易形成等號。對
於喜歡冒險的人，習慣於遷徙的人，對於隨時只有兩箱行
李，隨時準備出發的人，天地之大，何處可以歇腳的地
方，何處即可以當家。

　　但是這種家是暫時的，片段的記憶，並不太有特色，
一個換一個，但卻也可以自在。

　　然而當我們用家這個字來形容居住的地方，通常包含
著某種深刻的記憶，某些情感，和某些思念。

　　起初，你不會想到它只是短暫居住的地方，短至一兩
個月，長至三四年，你也不會想到它其實也不屬於你。

你只知道它會是你未來某段時日居住的地方，不論多長。於是你會開始規劃空間，一件件地添購傢俱，不論是買新的，或是常常留意搬家拍賣資訊買來的二手傢俱，於是你開始記得每個黃昏晃去洗衣間看布告，開始記得租小貨車去扛傢俱，和傢俱店老闆討價還價，省了幾頓餐存錢買下的一件小裝飾品，到跳蚤市場晃了一下午翻到的一幅畫，自己買螺絲起子一件件地拼裝傢俱。

　　於是感情就慢慢地在時間和付出的心力中累積，於是每件物品都藏著某些回憶，代表某些意義，然後你會開始捨不得變遷。

　　每次的離開，總代表了某些程度的重新開始，每次的離開，總難免回頭多看幾眼。

　　也許在某個回首中，剎那的記憶被喚起了，你又想起某個冬天的夜晚熬夜趕期末報告，某個孤單的週末一個人看著電視。

　　幾個起初下雨的日子，餐桌上朋友圍爐的聲音猶在耳際，回憶像潮水般一波波的湧來，直到你轉身離去。

　　終於，我們漸漸變得更堅強，變得習慣變遷，習慣人生的無常，聚散離合，而久而久之，也更學會珍惜相遇的緣分，相處的時光，把握每個當下，珍藏每個日子。

手稿

　　她總是倚著靠窗的咖啡廳座位，閱讀也好，寫作也好，人來人往的街景，是故事的倒影。

　　好一陣子，所謂的稿子，都是敲著鍵盤，一個音符一個音符慢慢地走出來的，她幾乎忘了曾經有一個失落的年代，當大家都爬著格子。

　　手寫的信總帶一點個人色彩，包括很細微的情緒，與心境。每個字本身就是一個簽名。

　　故事是這樣開始的：

　　他曾告訴她，他喜歡時間的緩慢，緩慢地欣賞風景，緩慢地瞭解一個人，緩慢地愛上一個人。

　　他喜歡等手寫信的日子，寄手寫信的日子，因為那些信都是獨一無二的，僅止於彼此。

　　那一張 *Somewhere in Time* 的明信片，藏在信封裡，他寫著，那個草坪與花園是男女主角相遇的地方，下次我用小提琴拉主題曲給妳聽。

　　好些年劇本也好，小說也好，一疊一疊不同故事的手稿，總是好幾個不眠的夜晚，咖啡，月光，隨著季節變換，她看到了第一個日出，第一場雪，第一場大雷雨。

　　搬了幾次家，總是一疊又一疊的紙稿和書本跟著。翻出的一箱，滿滿地都是信。即使到了大家都在用電腦的年代，他總是堅持給她寫信。

那天，她剛完成一份稿子，很開心地說出了manuscript，才突然發現很喜歡這個英文字，然而在英文字的感覺裡，每一個字該是像中世紀古董般，用鉛筆手寫的。

手寫的稿子，總是很慢，像一字字刻著般，一筆一畫都是心情，都是波動，逃不出字跡的。

真正手稿難處總是在於改寫，一下筆就是一個定數，沒機會複製一模一樣的筆跡，沒機會一而再地重寫。

像一個詩人唸詩的真跡，像一座埃及的金字塔，用大量大量的時間換取的獨一無二。

人總說文字，好像聲音，好像個性，好像才華，譜出一個人的輪廓與線條。

每個人就像光譜上的一道光，抽絲剝繭到最後，剩下什麼？

那種很純粹本質的東西，後天學習不來，模仿不來，甚至假裝不來。

每一份親筆的手稿，都是類似的傳記，用筆跡暗示著，隱喻著，當時的情緒，心情。是愉悅的，安詳的，歡樂的，興奮的，孤單的，哀傷的，疲累的，精神飽滿的。

彷彿，他就在她面前，只是跳過了些許與些許的時間和空間，她隔空摸的是他好些日子前的心情臉譜。

關於手稿，那是溫熱的，熱騰騰的，不似打字般地冰冷，有血有肉的，就如同剛出爐的麵包，只是溫度常存

著。

那字跡，總是有那麼些許的變化，像一條條的手紋，刻畫著打字稿裡查覺不出來的祕密。更真實地反映著書寫人的情緒，是那漫步悠閒的走步，凌亂倉促的華爾茲，暈眩的快三步，熱情的拉丁舞，在慢中性感的阿根廷Tango，妖媚孤傲的佛朗明哥，輕快的踢踏舞，還是古典學步的芭蕾。

她總問著？今夜，你又給我寫什麼來著了？

那躲在字跡裡的。

貓的　兩句情詩

一、

想證明　如果這就是愛情
6:33AM　No additional text

我徹夜尋找著那一年你給我的詩句
1:46AM　No Additional text

二、

我徹夜尋找著那一年你給我的詩句
1:46AM　No Additional text

想證明　如果這就是愛情
6:33AM　No additional text

國家圖書館出版品預行編目資料

寫給在 Alaska 的：陳乙緁散文集／陳乙緁著.
--初版.--臺中市：白象文化事業有限公司，2021.6
　　面；　公分
ISBN 978-986-5488-00-0（平裝）

863.55　　　　　　　　　　　110002952

寫給在Alaska的：陳乙緁散文集

作　　　者　陳乙緁
校　　　對　陳乙緁
專案主編　黃麗穎
出版編印　林榮威、林孟侃、陳逸儒、黃麗穎
設計創意　張禮南、何佳諠
經銷推廣　李莉吟、莊博亞、劉育姍、王堉瑞
經紀企劃　張輝潭、徐錦淳、洪怡欣、黃姿虹
營運管理　林金郎、曾千熏
發 行 人　張輝潭
出版發行　白象文化事業有限公司
　　　　　412台中市大里區科技路1號8樓之2（台中軟體園區）
　　　　　出版專線：（04）2496-5995　　傳真：（04）2496-9901
　　　　　401台中市東區和平街228巷44號（經銷部）
　　　　　購書專線：（04）2220-8589　　傳真：（04）2220-8505
印　　　刷　基盛印刷工場
初版一刷　2021 年 6 月
定　　　價　380 元

版權歸作者所有，內容權責由作者自負